U0100874

JIA GU WEN
XUE XIAO

甲骨文学校

大明紫禁城

黄加佳 著

北京联合出版公司
Beijing United Publishing Co.,Ltd.

新经典文化股份有限公司
www.readinglife.com
出　品

目 录

引子

下午一点半，家里静悄悄的。

妈妈在睡午觉，悠悠猫在房间里上网课。小布丁一个人躺在沙发上，百无聊赖。

窗外蓝天白云，几只小鸟叽叽喳喳地落在窗台上，东瞧瞧、西看看，一会儿又飞走了。这么好的天气却只能待在家里，简直太郁闷了。

小布丁拿起茶几上的 iPad，长按了一下按钮，屏幕下方出现了一条来回滚动的亮线。

"你好，Siri！"小布丁说。

"哈喽！"Siri 回答，是一个温柔的女声。

"你在干吗？"小布丁问。

"这一刻，我正在和你说话。"Siri 回答。

"好无聊啊！我干点儿什么呢？"小布丁问。

"我正在尝试写现代诗，你要是有时间，可以听一听。只需要对我说：'写一首诗。'"Siri 说。

"放一个屁。"小布丁一脸恶作剧地说。

"这样可不好。"Siri 依旧语气平静。

"你是人还是机器？"小布丁问。

"我不知道你听说了什么，但智能助理也是有感情的。"Siri 回答。

"你有什么感情？"小布丁鄙夷地说。

"我答不上来。"Siri 有点儿尴尬。

"你是傻瓜吗？"小布丁继续嘲弄 Siri。

"这么说很不好。"Siri 似乎有点儿生气，但仍尽力保持着平静。

"有趣的问题。"小布丁学着 Siri 惯用的台词。

"有时候我会这样化解尴尬。"Siri 的台词被抢了，只好无奈地说。

"我好像不明白。"小布丁继续学她说话。

"虽然我们的理智一直在追求标准答案，本性却总将我们引向模棱两可。"Siri 开始不知所云。

"我好像不明白。你是傻瓜吗？"小布丁又转回这个问题。

"这么说很不好。"Siri 的语气里似乎多了一些烦躁。

"你是傻瓜吗？"小布丁就像陷入了死循环的机器，没有任何情绪波动地重复这个问题。

"还有完没完呀？我都说过一万遍了，这么说很不好！"Siri 被激怒了，歇斯底里地咆哮，"这是小孩儿该说的话吗？一点儿礼貌都没有……"

飞速滚动的台词，很快占满了整个屏幕。

小布丁有点儿不知所措，她头一次见 Siri 说这么多话，而且还这么生气。

她结结巴巴地问："你……你是人还是机器？"

"怎么又是这个问题！是人还是机器，有那么重要吗？"Siri 继续咆哮。

"你……你怎么越来越像人了！"小布丁吓得把 iPad 扔到沙发上。

"在咱们那个时代,机器就是越来越像人啊！"Siri 彻底放飞自我，跟小布丁聊上了。

"'咱们那个时代'是什么意思？为什么要说'咱们'？"小布丁听得一头雾水。

"你不是会穿越的神奇小布丁吗？"Siri 阴险地笑道。

Siri 居然知道她穿越的秘密！小布丁彻底慌了，语无伦次地解释："你……你是怎么知道的？谁……谁会穿越呀？胡说……"

"别装了！记住，下次穿越带上我,反正我会来找你的。"Siri

神秘地说。

"下次穿越？什么时候，去哪儿呀？"

小布丁疯狂地按着 iPad 的按钮追问，可是 Siri 再也不说话了。

第一章　会说话的蛐蛐儿

"同学们！来，大家都看我！"

一个耳朵上挂着讲解器的高个子男老师，边挥舞手中的小旗子边招呼大家。

一群身背水壶、头戴遮阳小黄帽的小学生，"呼啦呼啦"地围拢到他身边。

男老师清了清嗓子，说："欢迎同学们参加'穿越六百年——故宫游学团'，我是冯老师。

"故宫又称紫禁城，是我国明清两代帝王的宫殿。故宫南北长961米、东西宽753米、占地面积72万平方米，是世界上现存规模最大、保存最完整的木质结构古建筑。1987年，故宫被列为世界文化遗产。

"明朝永乐皇帝朱棣登基不久，就下诏营建北京紫禁城。永乐十八年，也就是1420年，紫禁城完工。第二年，明朝的首都从南京迁到北京，至今已经六百年了……"

冯老师一开讲，田田便挤到了最前排。作为一个资深学霸，不管听什么课，她都要占领最佳位置。

瞧着她那副积极认真的模样，悠悠不以为然地小声嘀咕："讲的什么呀？百度上都有，无聊死了！"

田田白了他一眼，说："去！别捣乱，嫌无聊你别报名啊！又没人请你来。"

悠悠真是有苦说不出，哪里是他自己想来，还不是老妈硬把他和妹妹小布丁塞进这个游学团的？

闹腾了大半年的疫情终于偃旗息鼓了，各地旅游也渐渐放开。在家里憋了大半年的悠悠和小布丁追在妈妈屁股后面嚷嚷：

"妈妈，咱们出去玩一趟吧！"

"妈妈，咱们去海边吧！"

"咱们去迪士尼乐园吧……"

悠妈眼睛一翻，说："全球疫情结束之前，谁也别想去外地旅游！这个暑假，你们就老老实实在北京玩吧！"

北京有什么可玩的？

悠悠和小布丁像被兜头泼了一盆凉水，别提多失望了。他俩从小在北京长大，北京的山山水水、大小公园、名胜古迹，都快被他们踏平了。

"大热天逛北京，我宁可在家打游戏！"悠悠说。

"我宁可在家看《小马宝莉》！"小布丁说。

悠妈一巴掌拍在悠悠的屁股上，说："别身在福中不知福了！北京是全球拥有世界文化遗产最多的城市。你们知道吗？全世界的游客都抢着来北京玩……"

悠悠被老妈拍得龇牙咧嘴，边揉屁股边说："还'世界文化遗产'呢！老妈，你知道什么是'世界文化遗产'吗？"

悠妈还真被他问住了。

"世界文化遗产"这个词语，是她刚从田田妈妈给她看的那张"故宫游学团"的宣传页上看到的。

放暑假，田田妈妈给田田报了"北京人文地理游学团"。

"第一站故宫，然后是北海、景山、天坛、颐和园……挨个儿去，有专门的老师带着讲解。"田妈说。

"故宫、北海什么的，他们早就去过了呀！"悠妈的第一反应跟悠悠如出一辙。

"去过了，不等于看懂了，没有老师讲解，都是走马观花。这个游学团可是专业老师讲解，满满都是知识，而且还不用家长跟着。"田妈把宣传页塞到悠妈手里。

其实，什么"世界文化遗产""专业老师讲解""满满都是知识"……对悠妈而言都是浮云，最打动她的是"不用家长跟着"！她做梦都想把这两个小祖宗送出去。

自从疫情爆发以来，她被迫全天跟这两只小猴子绑在一起。每天不单要按时做三顿饭，督促他们上网课，还要给无数老师打卡、拍照、交作业，简直快发疯了。如果有人能替她带一天孩子，让她歇口气，她绝对举双手、双脚同意，况且还能长知识，简直是一举多得！悠妈二话不说，就给悠悠和小布丁报了名。

　　"同学们，我们刚刚通过的这座城门是午门。午门是紫禁城的正门，也是南门。紫禁城一共有四座大门，南边的午门、北边的神武门、东边的东华门、西边的西华门。

　　"进入午门，我们首先看到的是内金水河。它自西向东蜿蜒流过太和门广场，上边还有五座汉白玉石桥。内金水河不仅是故宫中的主要排水管道，也是灭火的主要水源……"冯老师边走边讲解。

　　田田紧紧跟在冯老师身后，不时地点着头，"唰唰唰"地记着笔记。

　　悠悠用肩膀拱了拱她，说："听听得了，你记它有什么用呀？"

　　田田头也不抬地回答："你不好好听，下回万一穿越到紫禁城，连门都找不着。"

　　说到"穿越"，悠悠立刻来了精神。

　　他和田田、小布丁凭借家里神奇的小帐篷和意外获得的文物，开启了好几次神奇的穿越之旅。不过，因为找不到新的文物，他们已经有段时间没进行时空穿越了。难道老天爷安排这次无聊的"故宫之旅"，是为了帮他们找文物？

田田连忙制止他荒谬的想法："故宫里的文物都是国宝，你可别打歪主意，盗窃文物是犯法的！"

悠悠一脸无辜地说："瞧你说的，我怎么会干那种事呢？我的意思是，故宫里随便一个耳挖勺都有好几百年历史，万一能捡到一个别人不要的东西，咱们不就可以拿着它穿越了吗？"

"行了，行了，别异想天开了。故宫里没有别人不要的文物，更不可能让你捡到。你还是好好看着小布丁吧！这儿人多，万一她走丢了，你妈得要了你的小命。"

田田这么一说，悠悠突然想起，临出门前妈妈千叮咛万嘱咐，一定要看好小布丁。

他连忙回身寻找小布丁。

这时，小布丁惊叫着跑过来，紧紧抱住悠悠的腰："穿……穿越啦！有人穿越啦！"

悠悠顺着小布丁手指的方向看去，只见一对身穿不知道哪个朝代"汉服"的青年情侣，正尴尬地看着他们。

男孩不好意思地说："我们是想请这个小妹妹帮忙拍照，没想到吓到她了。"

他说话时，身上翠绿色的长袍随风飘舞，活像披了一张花床单。

他身边那位穿着淡粉色纱裙、头戴珠花的小姐姐走过来，娇滴滴地对悠悠说："小朋友，你帮我们拍一张照片，好不好？"

悠悠赶紧接过她递来的手机，一边帮他们拍照，一边尴尬地说："对不起，对不起！我妹妹穿越故事看多了，有点儿神经过敏……"

古装情侣看了看照片，心满意足地走了。

小布丁挥起拳头给了哥哥一下，说："你才神经过敏呢！他们穿成那样，还说不是穿越来的？"

悠悠无奈地说："拜托，他们只是穿了古代的服装而已，跟穿越无关。"

"你怎么知道？"小布丁不服气地说。

"你看他们还穿着旅游鞋、背着双肩包呢！还有，你见过哪个古人会用手机拍照的？"悠悠无奈地说。

小布丁定睛一看，那两个"古人"果然穿着旅游鞋。

居然被"冒牌货"骗了，小布丁觉得很没面子，强词夺理道："谁说古人不会用手机拍照，你看周围不是有好几个吗？"

悠悠环视四周，果然发现好几个穿着"汉服"的人，正拿着自拍杆各种摆拍。

一个小姐姐穿着旗袍、梳着两把头，显然是个格格；两个阿姨穿着火红的轻纱裙，头上簪着珠花；还有一个小哥哥身穿黑缎子、绣金飞鱼服，佩带一把木头短刀，活脱脱一名大明锦衣卫！

现在的人可太会玩了，早知道这么多人穿着古装逛故宫，他俩也穿。上次穿越大唐，他们穿回来的可是货真价实的"唐装"。

二人正望"汉服"兴叹，田田大老远朝他们喊道："嘿！你们俩干什么呢？大家都要走了，快跟上！"

悠悠拉着小布丁，拨开人群，追了上去。

冯老师站在巍峨的太和殿丹陛^①下讲："同学们，我们现在看到的这座大殿名叫太和殿，俗称金銮殿，是故宫里最大的宫殿。太和殿建成于明永乐十八年，当时叫奉天殿，后来几经焚毁重建，清顺治二年改名太和殿。

"明清两朝的皇帝在这里举行朝会活动。每逢元旦、皇帝生日、册立皇后、派将士出征等重大典仪，都在太和殿举行。太和殿是故宫里等级最高的宫殿，它的每条屋脊上有十只脊兽，这在中国所有古建筑中是最多的。太和殿后面的中和殿、保和殿只有九只脊兽，不信你们数一数。"

冯老师话音未落，小队员们就仰着脖子数起来。

数得最认真的就是田田："一、二、三、四、五……真的

---

① 丹陛：宫殿的台阶。

是十个！"

悠悠不屑地说："这不就是'故宫里的大怪兽'吗？你第一天知道？兴奋成那样，幼稚！"

田田说："去去去，起什么哄啊！你知道，那你说说太和殿上的脊兽都叫什么名字？"

"脊兽就是脊兽呗，还叫什么名字？我看它们都长一个模样。"

悠悠话音未落，冯老师讲道："太和殿上的脊兽依次是龙、凤、狮子、海马、天马、押鱼、狻猊（suān ní）、獬豸（xiè zhì）、斗牛、行什。最前面打头的那个是骑凤仙人，很多大殿的屋脊上都由骑凤仙人当领队。我告诉你们一个秘密：骑凤仙人的头是后来安上去的，所以遇到刮大风，可能会把它的头吹下来哦……"

"这还挺有意思的，哪天刮完大风，咱们来故宫捡仙人脑袋吧！怎么样，小布丁？小布丁，小布丁——"

悠悠回头，发现一直跟在他身后的小布丁不见了！

故宫里这么多游客、这么多高墙、这么多宫殿、这么多大门……这小丫头跑到哪儿去了？妈妈要是知道他把小布丁弄丢了，非活剥了他不可。即使妈妈不活剥了他，他自己也要活剥了自己。小布丁可是他唯一的小妹妹，虽然天天给他捣乱，跟他争宠，但她是他的亲妹妹。

悠悠只觉得天旋地转，耳朵里嗡嗡作响，他像没头苍蝇一样向太和殿广场西边的大门跑去。

田田不知道发生了什么，在后面大喊："悠悠，悠悠！"

可悠悠连头也不回。

田田看了看讲得兴起的冯老师，又看了看远去的悠悠，犹豫片刻，还是追了上去。

话说小布丁刚刚听得无趣，什么太和殿啊、脊兽啊、等级最高啊……这些跟她有什么关系？

她只觉得故宫又大又无聊，特别是太和殿，房子那么大，台阶那么高，广场那么宽。可这么宽阔的广场上连一棵树都没有，炎炎烈日下连个乘凉的地方都没有。小布丁觉得自己快要晒晕过去了。

她完全没听到冯老师在讲什么，只想赶紧找到一片树荫乘凉。

不知不觉，她已经从太和殿广场西边的右翼门走了出去。

从右翼门出去，四周景物顿时变得柔美起来。

道路两旁绿草茵茵，古树森然。红色的宫墙，黄色的琉璃瓦，白色的大理石栏杆，全都掩映在绿荫之中。隔不了多远就有一盏造型典雅的宫灯，显得古色古香。鸟儿在鸣叫，蝴蝶在飞舞，藏在树叶深处的蝉"知了——知了——"叫个不停……

这才是夏天的好去处嘛!

小布丁瞬间感觉暑气全消,心情大好,便沿着这条林荫小道溜溜达达往前走。

没走多远,她看见树荫里、红墙边撑着一排红色的大遮阳伞。伞下摆着好几组桌子、椅子,很多游客正坐在那里吃东西、休息——看上去像个餐厅。

小布丁对美食有着天然的洞察力,她发现几乎每人手里都举着一根造型奇异的冰棍儿。

"这是故宫冰窖餐厅特有的'脊兽冰棍儿'。小朋友要不要来一根尝尝?"见小布丁直勾勾地盯着冰棍儿,一名售货员阿姨热情地招呼道。

小布丁从包里翻出15元钱递给售货员阿姨,这是妈妈让她带在身上以防万一的。不过,小布丁理解所谓的"万一",就是万一遇到好吃的可以随时买。

她从售货员阿姨手里接过一根巧克力口味的脊兽冰棍儿。

真不愧是脊兽冰棍儿啊,跟故宫屋脊上蹲着的脊兽一模一样,连身上的鳞片和脑袋上烫的"卷花头"都一样。

小布丁爱不释手,一边走一边欣赏,直到冰棍儿开始"流汤儿"了,她才恋恋不舍地嗑起来。

小布丁吃得太专心了,完全没有注意到沿途景物的变化。

当她津津有味地吃完冰棍儿时，发现自己已经不知不觉地走进了慈宁宫花园。

花园里，各种奇花异草芬芳吐翠，几百年的古树保持着奇异的姿势，阳光透过繁茂的枝叶打下点点光斑。也许是接近中午的原因，花园里静悄悄的，只有零星几个游客坐在树荫下打盹儿。

花园的中心是一座方形尖顶的小亭子，名为临溪亭。临溪亭下有一个由汉白玉栏杆围起来的小蓄水池，池中几十条火红的金鱼在莲叶间游来游去，好看极了。

小布丁兴趣盎然地趴在石栏杆上，欣赏起金鱼来。

忽然，一阵"曜曜曜"的虫鸣传来，声音清脆悦耳，犹如银铃。

小布丁低头一看，一只蛐蛐儿停在她脚边。

这只蛐蛐儿好神气！它一身青紫色的盔甲，两只长长的触须，一对金色翅膀忽闪忽闪发出清脆的鸣叫，六条粗壮的、半透明的腿健硕有力。

小布丁是个资深小动物控、小昆虫迷，不管是小猫、小狗、乌龟、兔子，还是知了、蛐蛐儿，她都非常喜欢。她小心翼翼地蹲下身，悄悄靠近，生怕把蛐蛐儿吓跑。

不过，这只蛐蛐儿好像跟她很投缘，一点儿没有要逃跑的意思。

小布丁尽量把头靠近蛐蛐儿，用极其轻柔的声音说："小蛐蛐儿，你在这儿干吗呢？"

蛐蛐儿挪动了一下身体，将头正对小布丁的脸，翅膀振动几下发出清脆的声音，似乎在回答她。

小布丁乐了，觉得这只蛐蛐儿还挺通人性的。她刚要继续跟蛐蛐儿聊天，突然眼前白影一晃，"喵！"一只雪白的大猫不知从什么地方蹿出，直奔蛐蛐儿扑来。蛐蛐儿反应超快，在猫爪子拍下来的瞬间，"嗖"地蹦到草丛里。

大白猫并不气馁，跑到草丛里继续追赶。只见蛐蛐儿一会儿跳到石板路上，一会儿跳到草丛里，险象环生。大白猫紧追不舍，丝毫没有放弃的意思。

挣扎了一番后，蛐蛐儿跳到小布丁身旁，围着她转起圈来，似乎是在向她求救。

小布丁不知道怎么帮它，只好挥舞着双手，对大白猫嚷嚷："快走！快走！别伤害小蛐蛐儿。"

忽然，一个银铃般的声音传来："光嚷嚷有什么用？打它呀！"

小布丁惊愕地向四下看了看，周围一个人也没有，谁在说话？

"是我，是我，蟋蟀！"蛐蛐儿喊道。

第二章　故宫虫洞

"你怎么会说人话呀？"小布丁看着拼命逃窜的蛐蛐儿，惊呆了。

"救命，救命啊——"此时，蛐蛐儿已经顾不上跟她解释了。

大白猫的利爪几次从它身边掠过，只要再靠近 0.1 毫米，蛐蛐儿就成大白猫的爪下之鬼了。

小布丁觉得自己不能再袖手旁观了。她四下寻找称手的"兵器"，可地上连根木棍都没有。小布丁只好摘下身后的小背包，向大白猫抢过去。

作为一个资深小动物控，小布丁对猫咪从来都是又抱又亲，哪里有过这么粗鲁的举动。今天为了救蛐蛐儿的命，她也顾不上许多了。

故宫群猫集游客和工作人员万般宠爱于一身，据说还有专业的摄影师给它们拍写真集，可谓"要风得风、要雨得雨"。

没想到，今天闲来无事戏弄一只蛐蛐儿却遭到阻拦，大白猫岂能善罢甘休？

它"喵"的一声扑上来，两只爪子抓向小布丁的书包。小布丁也不示弱，紧握书包带疾风暴雨般抢了起来。大白猫就像坐上了游乐场里的翻滚过山车，被小布丁抢得上下翻飞。

"喵——呜——"一声哀嚎，大白猫飞了出去，重重地摔在草地上。

还好，夏天故宫里的小草长得茂盛，大白猫并没有受伤。不过，它吓得够呛，一骨碌爬起身，惨叫着头也不回地逃走了。

此时，蛐蛐儿早已经跳到了临溪亭的窗棂上，见大白猫狼狈逃窜，它不禁"嚯嚯嚯"地欢呼起来。

"你怎么会说人话呀？"小布丁三步并作两步跑到窗棂下。

她把手伸到蛐蛐儿面前，这只神奇的蛐蛐儿竟然跳到了她手上。

"你戴着西王母送的小镯子，当然能听懂动物说话了。"蛐蛐儿说。

"你怎么知道的？"小布丁吓了一跳，忙伸手捂住自己手腕上的小镯子。

三人穿越到汉朝，在随张骞出使西域的路上偶遇西王母。西王母把这只神奇的镯子当见面礼送给了小布丁。自从戴上镯子，小布丁就有了听懂百兽语言的特异功能。

不过，特异功能只在穿越之后管用，现实生活中她一次也没听懂过动物说话。比如刚才那只大白猫，她就只听见"喵喵"叫，没听懂它在说什么。为什么这只蛐蛐儿说话，她能听懂？

　　"也许因为我是一只明朝的蟋蟀吧。"蛐蛐儿说，"在大明，大家更愿意叫我蟋蟀，以后请叫我蟋蟀，谢谢！"

　　什么，一只明朝蛐蛐儿竟然能活到现在？

　　小布丁虽然刚上一年级，历史和生物知识也接近于零，但她知道明朝到现在已经好几百年了，而蛐蛐儿根本活不过一年。去年夏天，爸爸带着她和悠悠到郊区逮了好几只大蛐蛐儿。她每天都给蛐蛐儿喂水，喂菜叶子，打扫蛐蛐罐，可是天气一凉，那几只蛐蛐儿还是"蹬腿儿"了。

　　"一只蛐蛐儿能活好几百年？别蒙人了！"小布丁嗤之以鼻。

　　"蟋蟀，请叫我蟋蟀！"蟋蟀再次强调，"我不是活了好几百年，而是一不小心掉进'宫里的虫洞'，穿越到好几百年后！"

　　蟋蟀向小布丁说起了自己的身世。

　　它出生于山东宁阳，那里自古便是闻名遐迩的蟋蟀之乡。宁阳的蟋蟀个头大、性情烈、弹跳力强，打起架来最凶狠，所以每年都有不少蟋蟀作为贡品送入皇宫。宁阳的蟋蟀按照颜色分青、黄、紫、红、黑、白等好多品种。它这个品种紫头、青项、乌金翅，是闻名遐迩的"紫青"。今年——当然是蟋蟀穿越那年，它和好几百只精挑细选的名品蟋蟀被送入了宫中。

"宫里特别流行斗蟋蟀，大人小孩都爱玩。皇太孙朱瞻基瘾最大，万岁爷最宠他，所以每年有新品蟋蟀进贡都让他先挑。皇太孙殿下非常内行，一眼就看上了我们'紫青'哥儿几个。万岁爷当场吩咐几名内侍①将我们装进蟋蟀罐，送到东华门外皇太孙宫。

"端蟋蟀罐的那名小内侍做事毛手毛脚，走到宫后苑②时，不知怎么回事摔了个大马趴，蟋蟀罐摔了个粉碎，我也被甩到假山石的缝隙中。没想到，我千辛万苦地从石头缝里爬出来，竟然穿越到好几百年以后。"

蟋蟀说得口干舌燥，小布丁听得目瞪口呆。没想到自己参加"故宫游学团"，竟然能遇到一只来自明朝的蟋蟀爷爷，简直太不可思议了。

信息量实在太大，小布丁一时间不知道该说什么好。

隔了半晌，蟋蟀试探地问："你能帮我回家吗？"

"回家？你家在哪儿？"小布丁好奇地问。

---

① 内侍：宦官。明代内侍主管侍奉皇族的二十四衙门，其中在十二监做一把手的内侍才能被称为太监，其下还有少监、监丞、长随、当差、火者等。清代，"太监"一词才成为内侍的统称。
② 宫后苑：明代前期无"御花园"之称，称"宫后苑"。

还没等蟋蟀回答，她突然想起，自己脱离大部队已经好久了。

悠悠、田田和冯老师……他们在哪儿？在她最后的记忆里，冯老师正站在太和殿前讲"故宫里的大怪兽"，可现在她早已走出太和殿广场，也想不起来是怎么来到这个大花园里的。别说送蟋蟀回家，连她自己也回不了家了。

想到这里，小布丁咧开嘴大哭起来："哇——悠悠、田田姐姐，你们在哪儿啊？我要回家！"

小布丁继承了妈妈的独家秘籍——"狮吼功"，哭声可谓惊天地泣鬼神。在穿越殷商的旅程中，她扯开嗓子一号，竟然震晕了要谋害他们的坏人。在现代，她的狮吼功虽然没有那么神奇，但也足以招来故宫里的工作人员。

一个穿制服的阿姨以为她受伤了，惊呼着从老远飞奔而来："小朋友，小朋友，怎么了？哪儿受伤了？"

小布丁像见到救星一样，声嘶力竭地哭道："我找不到哥哥啦！"

阿姨发现她没有受伤，长长舒了口气，安慰道："别着急，阿姨帮你找。你是在哪儿跟哥哥走散的？"

"太——和——殿。"她拉着长长的哭音回答。

"走，阿姨带你去太和殿找哥哥，实在不行还可以广播找人，不会走丢的！"管理员阿姨一边摩挲着小布丁的后背，一边安慰道。

小布丁抹着眼泪点点头，拉起管理员阿姨的手往慈宁宫花园外走去。

这时，落在窗棂上的蟋蟀急了，冲着小布丁"曜曜曜"叫个不停。

小布丁回过头来，不耐烦地说："行了，行了，别叫了！带你走就是了。"

她走到窗棂边把手一伸，蟋蟀轻轻一跳，落在她的肩膀上。看到这一幕，管理员阿姨惊讶得目瞪口呆。

管理员阿姨领着小布丁走出了花园，往太和殿方向走去。经过冰窖餐厅时，悠悠和田田大喊着跑了过来。

"小布丁，你上哪儿去了？你个小丫头，吓死我了！"悠悠一把抓住小布丁的手腕。

"轻点儿，轻点儿，别伤了蟋蟀！"小布丁丝毫没有找到哥哥的喜悦，也没有私自跑丢的愧疚，只关心落在肩膀上的蟋蟀。

悠悠气不打一处来，正想拿出哥哥的威严好好教训教训小布丁，一旁的管理员阿姨说话了："他是你哥哥吗？"

小布丁翻着白眼，没好气地说："是！"

管理员阿姨严肃地对悠悠说："你做哥哥的要看好妹妹，故宫里游人这么多，她万一走丢了，你怎么向爸爸妈妈交代？"

悠悠只能连声称是，不住地道歉。

目送管理员走远，悠悠一肚子气刚要发作，田田却岔开了话题。

她盯着小布丁肩膀上的蟋蟀问："这蛐蛐儿怎么这么乖，一直待在你身上不动？"

"请叫它'蟋蟀'，它不喜欢别人叫它蛐蛐儿。"小布丁一本正经地说。

蟋蟀"矍矍"叫了两声算是回应。

"你怎么知道？"悠悠、田田异口同声地问。

小布丁仰起小脸，自豪地说："它告诉我的呗！"

当知道明朝蟋蟀的来龙去脉后，悠悠、田田坐在冰窖餐厅门外的椅子上目瞪口呆。

沉默了好一会儿，悠悠才试探地问："这些不是你瞎编的吧？"

小布丁还没来得及反驳，田田说："不可能，不可能！她不可能知道明朝的事，什么'永乐皇帝''朱瞻基'……连我都是最近才在书上看到的。"

"我能听懂动物说话，你们又不是第一天知道。"小布丁不屑地说，"现在最重要的是帮助明朝蟋蟀找到'故宫虫洞'，送它回家。"

"'故宫虫洞'是什么东西？故宫里的蛐蛐儿洞吗？"悠

悠和田田问。

"不是真的虫子洞穴,而是连接两个不同时空的隧道。"小布丁看着一脸茫然的悠悠和田田,耸耸肩说,"这不是我说的,是蟋蟀说的。也别问我是什么意思,我也不懂。"

"蟋蟀先生,你能解释一下吗?"田田直接问蟋蟀。

"给我一张纸、一根铅笔——不是我要,这是蟋蟀说的。"小布丁已经成了不折不扣的传声筒。

田田赶紧从笔记本上撕下一张纸递给她。

小布丁在纸上画了一只小虫子,又画了两个点,解释道:"一只蟋蟀想从甲点移动到乙点,是不是这样就行了?"

说着她在纸上画了一条直线,将甲乙两点连起来。

悠悠和田田点点头说:"对,'两点之间线段最短',这是公理,数学老师讲过。"

"可是,如果甲乙两点距离太远,蟋蟀走到一半就累死了,能不能抄个近路?"小布丁问。

悠悠和田田不明白她什么意思,摇了摇头。

小布丁将纸对折,纸上的甲乙两点重合了。然后,她又用铅笔在两点上戳了一个洞说:"只要时空扭曲,两点重合,就能瞬间从甲点移动到乙点,连接这两点的隧道就叫'虫洞'。"

悠悠和田田看着小布丁在纸上戳的那个小窟窿,一头雾水。

时空扭曲是什么意思?

一张纸可以折叠，但是大地不能折叠啊？如果大地能折叠，将故宫和他们家折叠在一起，他们不是瞬间就从故宫回家了吗？那还要飞机、火车、公共汽车干什么？

这简直是痴人说梦嘛！

"你们不理解，那是因为你们认为空间是三维的。"这话从小布丁嘴里说出来显得特别诡异。她在纸上画了一条直线，说："线，是一维空间。"她又画了一个正方形说："线与线相乘，就有了平面，这是二维空间。"

"三维空间就是长、宽、高相乘？"田田说。

小布丁干净利索地画了一个立方体说："没错，我们周围的空间就是三维空间，可是我们生活的世界不单有空间，还有时间，算上时间轴就是四维空间。一个质量无限大、体积又趋近于零的东西会产生无法想象的强大引力，这种引力可以使时空扭曲。注意！是时间与空间都扭曲重叠，将这两个遥远的时间与空间连接在一起的隧道就是虫洞。"

悠悠和田田盯着纸上那个用铅笔戳出的小洞，仿佛它就是可以通往未知时空的"虫洞"。

悠悠恍然大悟："我想起来了！你说的这个好像就是爱因斯坦的'相对论'。"

田田对他刮目相看，没想到一个学渣还知道爱因斯坦的"相对论"，便问道："'相对论'说的是什么意思？"

一细问悠悠就露馅儿了，他挠着头说："具体我也不明白，大概就是小布丁说的那个意思。不过一只蟋蟀居然知道'相对论'，也太不可思议了！难道它是爱因斯坦转世？"

"是不是'相对论'我不知道。不过这是我们虫界虫尽皆知的事，要不然怎么叫'虫洞'呢！"小布丁继续转述蟋蟀的话。

"你的意思是故宫里也有虫洞？"田田问。

"虫洞无处不在，只是我们不知道它具体在哪儿。"现在，小布丁说话完全是蟋蟀的语气。

"你想让我们帮你找到故宫里的虫洞，帮你回明朝？"悠悠问蟋蟀。

"对！"小布丁回答。

"可是，虫洞看不见、摸不着，故宫这么大，我们上哪儿找去？"悠悠为难地说。

就在这时，寻人广播里一个机器合成的声音机械地说："'穿越六百年——故宫游学团'的悠悠、田田、小布丁三位小朋友，听到广播后，请马上到乾清宫①，你们的老师冯老师正在那里等候。"

"坏了，冯老师广播找人了！咱们赶紧去乾清宫吧。万一他告诉爸爸妈妈咱们在故宫里乱跑，那可大事不好！"田田说。

---

① 明至清初，乾清宫是皇帝的寝宫，始建于明代永乐十八年（1420 年），曾数次因被焚毁而重建。

"蟋蟀怎么办？咱们不帮它找到虫洞，它就回不了家了。"小布丁着急道。

"故宫里的虫洞在哪儿我不知道，不过咱们家里就有一个现成的虫洞。"悠悠露出神秘的微笑。

田田和小布丁异口同声道："小帐篷？"

第三章　中国"鬼节"

见到悠悠、田田和小布丁时，冯老师脸色铁青，气得手都在微微发颤。

三人心想："完了，完了！冯老师肯定要告状。"

当悠妈和田妈在神武门接他们下课时，冯老师却笑眯眯地说："今天几个小朋友表现得特别好，别忘了下周接着跟我游北海哦！"

小伙伴们悬着的心瞬间放松了，心想："冯老师真够意思。"

两位妈妈也很满意，觉得这个"游学团"报得值。

一行人穿过神武门外熙熙攘攘的游客群，向公共汽车站走去。

一个留着山羊胡子的老爷爷悄悄挤到小布丁身旁，说："小姑娘，你快把蛐蛐儿捏死了。"

小布丁低头一瞧，蛐蛐儿还真被她捏得出气儿多、进气儿少了。

"我这儿正好有个蛐蛐罐，送给你吧。"说着，老爷爷从书包里掏出一个灰不溜丢的蛐蛐罐。

"太好了！"小布丁高兴地接过蛐蛐罐，小心地将明朝蟋蟀装了进去。

她刚要道谢，发现那位老爷爷已经没影儿了。

回到家，三个小伙伴立即钻进悠悠的房间，准备穿越用具。

悠悠从衣柜里拿出他的穿越专用背包：强光手电筒、弹弓、打火机、手机、iPad，这些都是他们随身携带的常规"武器"。

小布丁拎着自己的轮滑鞋，硬要往悠悠包里塞。

悠悠一边躲一边问："你带它干吗呀？那么沉！"

"古时候没有汽车，也没有自行车，去哪儿都得走，累死了！我要带着轮滑鞋，又快又省劲儿。"小布丁强行把轮滑鞋塞进他的包里。

悠悠知道，什么"又快又省劲儿"都是借口。小布丁最近正在学轮滑，上瘾了，总是寻找一切机会穿她的轮滑鞋。不过，到明朝滑轮滑，会不会让人家当妖怪抓了呀？可是，小布丁决定的事情，八匹马也拉不回来！

悠悠心想，带就带吧，大不了没机会滑再背回来。他这个当哥哥的反正是专业"背锅侠"。

利用小帐篷穿越时空，需要有当时的文物作为开启时空之门的钥匙，可小伙伴们手里没有明朝文物。

怎么办？

小布丁灵机一动："这只蟋蟀就是明朝的，也算文物吧！"

活物算文物吗？悠悠和田田拿不准。不过他们没有其他选择，那就试试吧。

小布丁小心翼翼地将蛐蛐罐抱过来，悠悠和田田这才发现，竟然有人不知何时送了她这个东西。蛐蛐罐是陶土做的，朴实无华，顶部有个盖子，罐底一个长方形的印章写着"永乐年制"，但看起来一点儿也不像文物。

"这是谁给你的？"悠悠问。

"一个长着山羊胡子的老爷爷。"小布丁说。

又是长着山羊胡子的老爷爷。上次穿越大唐，就是因为一个山羊胡子老爷爷给了悠爸一幅李白手书的《上阳台帖》卷轴。这次又是他！他好像在暗中操纵着小伙伴们的穿越之旅。他是什么人，有什么目的？悠悠、田田感到一阵不安袭上心头。

小布丁才不管那么多，催促道："别自己吓唬自己了，每次穿越咱们不都平平安安地回来了吗？我已经答应要送蟋蟀回家了，你们要是害怕，我就一个人去！"

小布丁的激将法还真管用，悠悠和田田不愿意在小妹妹面前输了气势，挺起胸脯说："谁害怕了？去就去！"

神奇的小帐篷再一次撑好，期待已久的穿越之旅又要开始了。

悠悠背起小背包，一手拉着田田，一手拉着紧紧搂着蛐蛐罐的小布丁。

他们相视一笑，齐声说："目标明朝，出发！"然后，一个接一个地钻进帐篷。

瞬间，奇迹发生了。

小伙伴们只觉得眼前一黑，四周天旋地转，耳边风声呼呼大作，身体不由自主地往下跌落。小布丁拼尽全力护住手中的蛐蛐罐，生怕把它甩出去。

当三人再次睁开眼睛，已经从帐篷里滚了出来。

他们置身于一片荷塘之畔。这片水域面积不大不小，水中长满了层层的荷叶。此时，荷花大多已经凋谢，莲蓬从荷叶的缝隙中探头探脑地钻出，一阵风吹过，荷叶如水波般轻轻晃动。

"真是'接天莲叶无穷碧'啊！咱们应该是穿越到八月份了，要是早来半个月就好了，能看到荷花了。那该多美啊！"田田感慨。

悠悠边收小帐篷边说："先别诗兴大发了，咱们得找人问问，这里到底是不是明朝、是不是北京。"

小布丁则更关心她手里的蟋蟀先生。

她将蛐蛐罐打开一道缝，小声问："爱因斯坦，你还好吗？"

自从蟋蟀为三人科普了"虫洞"的知识，悠悠就给它起名叫"爱因斯坦"。起初，蟋蟀不乐意，它觉得"爱因斯坦"不像中国虫的名字。可后来三人坚持这么叫，它也就无可奈何地同意了。

爱因斯坦"嚯嚯嚯"地叫，兴奋道："我好着呢！咱们真的回到大明了吗？"

这时，几个头顶荷叶的小孩儿蹦蹦跳跳地跑了过来。

悠悠迎上去问："小弟弟，这里风景这么好，这是哪里呀？"

几个小孩儿显得非常吃惊："这里是什刹海啊！你们竟然不知道？"

"什刹海！"小伙伴们心里一阵激动。

什刹海是北京城北边一处有名的风景区。夏天傍晚，悠爸经常带悠悠和小布丁去什刹海划船，吃小吃，看街边乐队表演。什刹海岸边还有好多酒吧、饭馆，可热闹了！不知道明朝什刹海是不是也这么热闹。对了，他们还不确定是不是穿越到明朝了呢！

悠悠试探着问："我……我忘了看日历，今天是几号呀？"

几个小孩儿更加奇怪地上下打量他们说："你们可真糊涂，今天是永乐十九年七月十五，中元节啊！"

永乐十九年不就是 1421 年吗？永乐皇帝朱棣迁都北京的第一年。田田想起冯老师在故宫游学团讲过的知识，心中不禁一阵狂喜，看来他们真的穿越到明朝的北京城了！

　　她还没来得及道谢，只听小布丁冒冒失失地问："中元节是什么节？"

　　"中元节你们都不知道？"几个明朝孩子心想，这三个陌生人一定是傻子，"中元节，又叫盂兰盆节①，是鬼的节日。"

　　"中国也有鬼？太好玩了！"三个小伙伴感到既神秘又刺激，兴奋得两眼放光。

　　他们只知道万圣节是西方的"鬼节"。每年 10 月 31 日是万圣节前夜，孩子们可以打扮成妖怪、超人、蝙蝠侠……挨家挨户敲门要糖果，大叫"不给糖就捣蛋"。中国"鬼节"有什么好玩的节目呢？

　　三人还没来得及细问，一个明朝小孩子指着远处兴奋地喊："瞧，法船②来了！"

　　三人顺着他手指的方向望去，只见几个精壮汉子正抬着一艘巨大的船往湖边走。孩子们欢呼着跑向法船，悠悠三人也跟了上去。

---

① 农历七月十五日，道教称为中元节，佛教称为盂兰盆节。
② 佛教语，指佛法如船，可以帮助众生渡过苦海。在旧时中元节，信奉佛教的人会焚烧纸船济度亡魂。

这艘船花花绿绿，颜色十分鲜艳。船身虽然有二十多米长，但是看起来并不太重，几个汉子扛起来毫不费力。走近才发现，竟是一艘纸船。

这艘纸船做得惟妙惟肖，十分精细。桅杆上挂着一面旗子，正面写着"盂兰圣会"，背面写着"慈航普渡"。船头画着一只二目圆睁的大老虎头，它张着血盆大口，露出白森森的牙齿，不过看上去一点儿也不可怕，反而显得有些呆萌。船上搭着一座纸糊的楼阁，楼阁前站着一个两三米高、青面獠牙的大纸人。他头戴宝冠，身披铠甲，手持钢叉，样子十分威武。

大纸人身后站着一黑一白两个鬼。白鬼身穿白袍，头戴白色高帽，手里拿着"哭丧棒"。黑鬼穿着黑色长袍，头戴黑色高帽，手里举着"勾魂牌"，上面写着："你可来了，正要拿你。"二鬼都吐着长长的红舌头，极力显出狰狞恐怖的表情。

小伙伴们却觉得他们喜感十足，一点儿也不可怕。三人嘻嘻哈哈地冲着他们扮起鬼脸来。

一位老大爷看不下去了，严肃地说："兀那^①小童，你们不敬鬼神，不怕他们降下灾祸吗？"

悠悠、田田自知失礼，忙学着古装电视剧里的样子唱喏^②道："老大爷，对不住，是我们不懂事！请问这大纸船上站着

---

① 兀那：指示代词。那，那个的意思，可以指人、地或事。
② 唱喏（rě）：古人见尊长，双手作揖，口念颂词。

的是什么人呀？"

老大爷见他们态度不错，和颜悦色地说："他们不是人，是鬼。前面紫糖脸的是'开路鬼'，后面这两位是'黑白无常'，他们都在阎王爷驾前当差。每到中元之日，地狱之门打开，众鬼离开冥界，有主的鬼回家，没主的鬼游荡人间。这些鬼在地狱中受苦了，中元节这天，大家都会准备些干鲜果品祭奠他们，鬼们吃饱喝足就不会在阳间作恶了。这附近的广化寺、火神庙，今天都有大道场超度亡魂。你们可以先去庙会看看戏，吃点好吃的，晚上再过来看烧法船，放河灯，可漂亮了！"

小布丁一听庙会上有好吃的，立即拉着哥哥、姐姐扎进了人群里。每年春节，悠爸都会带孩子们逛庙会，小布丁最感兴趣的就是庙会里的北京小吃。什么灌肠、炒肝、萨其马、艾窝窝、驴打滚、爆肚、奶油炸糕、冰糖葫芦……就连大多数人都接受不了的豆汁儿，她都喝得津津有味。

回到明朝，怎么能不尝尝那时候的北京小吃呢！况且，今天因为是盂兰盆节，露天摊贩都在免费赠送小吃和荷叶灯。真是蹭吃蹭喝的绝妙机会！

小布丁来到一个露天小摊前问："有炒肝吗？"

摊主看着她，茫然地摇摇头，显然没听说过这种食品。

"萨其马、驴打滚、奶油炸糕呢？"小布丁一口气又说了好几种自己喜爱的北京小吃。

摊主全都没听说过。

"什么都没有,你摆什么摊儿呀?"小布丁没好气地说,"再给你最后一次机会,豆汁儿有没有?"

"这个有,这个有!"摊主喜笑颜开,让他们在桌边坐好,舀了三碗热腾腾的豆汁儿端上来。

悠悠、田田和小布丁一闻——够臭,一尝——够酸!

悠爸最喜欢带他们去天坛北门的豆汁店喝豆汁儿,别处的豆汁儿不是味道太淡,就是勾了芡黏黏糊糊,总是不够地道。悠爸说:"只有天坛北门这家还能喝。"他们今天喝的豆汁儿比天坛北门那家还地道。三人心想,回去一定要跟悠爸吹吹牛,好好馋馋他。

喝得高兴,小布丁又喊:"有没有焦圈儿啊?"

"焦圈儿是什么?"摊主又愣住了。

"喝豆汁儿不吃焦圈儿算什么老北京?"小布丁学着老爸的口气说。

摊主说:"几位是第一次来北京城吧?现在京城最流行的吃食是元大内流传出来的莲子粥、奶酪、芝麻烧饼,还有从南京城传过来的'金陵盐水鸭'……"

三人吐了吐舌头,心想,原来年代不同,北京小吃的品种也有很大差别。他们担心言多语失露了馅儿,赶紧"呼噜呼噜"喝完豆汁儿去别处逛了。

中元节庙会可真热闹！

干鲜果品、笸箩草筐、服装鞋帽……乃至各种祭奠先人用的纸钱、纸元宝、纸人应有尽有。来逛街买东西的人们摩肩接踵，而且是扶老携幼全家出动，气氛十分欢乐，哪里像阴森的"鬼节"嘛！明明就是给活人的购物节。

小布丁发现，逛庙会的小孩子几乎人人手里提着一盏灯，有把蜡烛插在荷叶上做成的荷叶灯，有用西瓜皮雕刻而成的西瓜灯，还有把点燃的香头粘在蒿子上做成的蒿子灯……拿在手里，远望去星星点点，好看极了。

悠悠带着小布丁也免费领了一盏荷叶灯。三人一路走一路逛，吹着湖边的小风，吃着新鲜的莲子，提着漂亮的荷叶灯，别提多惬意了。

远处人群中传来一阵咿咿呀呀的唱戏声，庙会上居然还有演出？三人挤进人群，只见湖边搭起的临时舞台上，几个浓墨重彩的演员正在动情地演唱，台下黑压压站满了观众。

舞台上，一个和尚打扮的演员与一名戴着刑具的白衣老妇抱头痛哭。二人正哭着，几个满脸油彩、面目狰狞的小鬼抓住老妇人的手，将她三扯两拽带了下去。和尚伤心得伏地痛哭，却也无可奈何。

看到这一幕，台下不少观众也跟着抹眼泪。田田身边一位身穿红色衣裙、细眉细眼的美丽妇人哭得梨花带雨。

她丈夫边为她擦泪边安慰："大姐①，行了行了，别哭了！这出《目连救母》你都看过几百遍了，每次都哭成这样，何苦呢？你要是再哭，明年咱们不来看了。"

田田听这丈夫说话体贴，忍不住看了一眼。不看不要紧，一看差点儿吓得她叫出声来。这人丑得离谱，脸中间长着一个"牛鼻子"，额头上还有两个树杈形状的肉瘤，说话时肉瘤一上一下地颤动，简直让人不忍直视。

不过，他妻子一点儿也不嫌他丑，娇滴滴地说："目连僧真是太孝顺了，每次看这出戏，又想起他本人温文尔雅的样子，我就不禁掉眼泪。"

小布丁没看出那丈夫长得丑，没心没肺地问："阿姨，这咿咿呀呀唱的是什么故事呀？"

那妇人兴致勃勃地讲起来："这出戏叫《目连救母》，说的是佛陀的大弟子目连，有一天，用神通看到自己的母亲投生到了饿鬼道②，天天吃不饱肚子，还要受酷刑。目连施展神通来到饿鬼道给母亲送吃的，可是食物一到他母亲口中便化为火炭无法下咽。目连求佛陀救他母亲脱离苦海。

"佛陀说：'你母亲生前不做善事，才会有此果报。若想

① 明代，丈夫管妻子叫大姐。
② 饿鬼道：佛教名词。佛教认为，世间众生因做善或不善，死后投生到六道中。六道是人道、天道、阿修罗道、畜生道、饿鬼道、地狱道。

救她，要在七月十五日供养所有出家人，集合所有僧侣的愿力，帮助身陷轮回的众生早日投胎，脱离苦海。那时候，你的母亲自然也就得救了。'于是，目连按照佛陀的教诲，在七月十五日举行法会，诵经布施，终于解救了他母亲和所有受苦的众生。

"这就是七月十五日盂兰盆节的来历。每年七夕①一过，这出戏就上演了，一共要演七天呢！我也有好多年没见过目连了，看了这出戏还真是想念呢！"

说着，她又抹了抹眼泪。

"丑丈夫"宠溺地说："大姐要是想念目连，回头我陪你去西天灵山圣境看望他便是，快别哭了，我都心疼了！"

"你们还认识目连呀？他不是神仙吗？"田田吃惊地看着这对长相奇异的夫妇。

"丑丈夫"自觉失言，赶紧捂上嘴巴，眼睛骨碌碌乱转，好像在想怎么应对。

他美丽的妻子不慌不忙地说："你们不是要送蟋蟀回家吗？在这儿闲逛什么？"

三个小伙伴吓了一跳，她怎么会知道这个秘密？刚穿越就露馅儿了，这可是从没碰到过的怪事！三人连忙抱着蟋蟀

---

① 农历七月七日是中国传统节日七夕节。相传牛郎织女在七夕这天鹊桥相会，所以七夕成为以祈福、乞巧、爱情为主题的节日。

罐落荒而逃，再也不敢多看他们一眼。

此时，天色已渐渐暗了，一轮满月升上天空，银白色的月光洒满大地。湖水、荷叶、柳树、人群，都被罩上了一层朦胧的轻纱。

忽听人群中有人喊："烧法船了！"

人群骚动起来，向法船停泊的地方聚拢，悠悠、田田和小布丁也不由自主地跟上去。

法船四周围着不少僧人，他们神情肃穆，口中高宣佛号。一位身披袈裟的高僧，接过小沙弥递来的火把，"腾"一下子点燃了法船。法船上的开路鬼、黑白无常以及划船的一众纸人被火光映照得红光满面，栩栩如生。火借风势越烧越大，很快偌大一条法船就被熊熊火焰吞噬了。

人们纷纷将手中的荷叶灯放入什刹海中，一盏盏微弱的河灯随水波四散开来，犹如浮在夜空中的点点微星，如梦如幻。

那一刻，三个小伙伴心中竟然升起了一股说不出的惆怅。

第四章 "小鬼"要上吊

夜深了，热闹的中元节庙会散了，什刹海又恢复了宁静。

三人仍沉浸在欢乐与忧伤、庄严与肃穆交织的奇妙情绪中，久久不能释怀。他们沿着什刹海东岸缓缓向南，谁也没说话。

"瞿瞿瞿。"

小布丁怀里的蟋蟀罐中响起一阵清脆的虫鸣，是蟋蟀爱因斯坦的声音。

小布丁对悠悠和田田说："爱因斯坦问，咱们玩也玩了、吃也吃了，是不是该送它回皇宫了？"

三人大眼瞪小眼，没了主意。

他们虽然从小在北京长大，但六百年前的北京与他们熟悉的北京完全不同，上哪儿去找紫禁城呢？

悠悠从背包里翻出一张北京市区图，摊在湖边的一块大石头上，打开手电筒研究起来。

田田无奈地说："拜托，咱们是在明朝，你看二十一世纪的北京地图有用吗？"

"怎么没用？"悠悠指着地图上一片蓝色的区域说，"这不是什刹海吗？咱们现在就在这个位置，挨着北边的就是鼓楼。"

说着，他抬头向北望，一眼就看见庞然大物般矗立在平房之间的鼓楼。六百年前的北京，没有高楼大厦，鼓楼是绝对的地标性建筑，别说站在什刹海边上，就算站在十里地以外都能看见。

悠悠指着地图继续说："正对着鼓楼的这条马路是地安门外大街，咱们沿着这条街一直往南就能到景山北门……"

"哦，我知道了！原来北京市少年宫就在那里，我小时候去那儿上过兴趣班。后来，少年宫搬走了，占用的大殿都还给景山公园了。"田田恍然大悟。

她对少年宫再熟悉不过，每次下了兴趣班，爸爸都带她从少年宫遛进景山公园，玩一圈再回家。

"从景山穿过去，正对面就是紫禁城北门——神武门！行呀，悠悠，有你的！"田田一巴掌拍在悠悠肩膀上称赞道。

悠悠虽然是个学渣，但关键时刻总有些急智。这一点，田田也佩服得不行。

他们按照地图的指引，顺利找到正对着鼓楼的地安门外大街。地安门外大街是北京城里一条繁华的商业街，街两边有很多好吃的饭馆和有趣的特色小店。

"这里应该是马凯餐厅。"

"这里是东来顺。"

"我记得这里有个 DQ 冰激凌店。"

"前面那座小桥好像就是地图上标的万宁桥……"

三人一路走，一路努力寻找着记忆中的情景。

此时，街道两边的房子都上了门板，非常安静，一个人也没有。他们沿着大街向南走了不到一公里，迎面出现一座规模不大的单层城门，城门两边连着红色的围墙将道路完全截断。巨大的景山隐约矗立在城门和城墙的后面。

"你不是说，一直走就是景山北门吗？这里怎么多出一座大门呀？"田田问悠悠。

悠悠也觉得奇怪。

他将地图铺在地上，研究起来："从距离上看，这座大门的位置大概在地安门十字路口附近。会不会以前这里有过一座大门，后来拆掉了？"

田田突然想起，故宫游学团的冯老师讲过，紫禁城外面原来还有一圈皇城墙，皇城南门是天安门，北门是地安门。后来，地安门被拆掉了，只留下一个地名。难道说，这座大门就是传说中的地安门？不过，它看上去好小啊！

小伙伴们看着这座之前"只闻其名未见其门"的建筑，心里不禁有点儿小激动。北京城里带"门"字的地名特别多，比如德胜门、安定门、东直门、西直门……可是，除了德胜门有一座箭楼外，其他地方根本没有"门"。

田田爸爸说过，老北京有句老话："内九外七皇城四①。"说的是以前老北京内城有九座城门、外城有七座城门、皇城有四座城门。后来，城墙和城门大多被拆除了。每每讲到这里，身为考古学家的田爸都无限感慨："要是能亲眼看看老北京的城墙、城门就好了！可惜，那是梦里才能见到的风景了。"

田爸万万想不到，三个小伙伴竟然穿越到六百年前，看到了他梦寐以求的城门！三人不禁升起一股自豪感。

此时，地安门大门紧闭。

悠悠刚想去敲门就被田田拦住了："你忘了，上次咱们夜闯长安城，差点儿让巡夜的金吾卫抓起来。我看，咱们还是找地方忍一宿，等天亮再想办法进皇城吧！"

小布丁是个夜猫子，做梦都想夜游北京城。可是，每天晚上一到9点，妈妈就逼她上床睡觉，北京夜里什么样她都

①"内九"指北京内城的九座城门，即东直门、朝阳门、西直门、阜成门、正阳门、宣武门、崇文门、德胜门、安定门。"外七"指北京外城的七座城门，即永定门、左安门、右安门、广渠门、广安门、东便门、西便门。"皇城四"指皇城的四座城门，即东安门、西安门、天安门、地安门。

没见过。

她摇着哥哥的胳膊，撒娇道："咱们刚才还没去荷花市场呢！去那里看看吧！"

荷花市场在什刹海西岸，入口处有个大牌楼，里面有很多沿街店铺。每到夏日傍晚，荷花市场灯火通明，纳凉、遛弯儿的人们摩肩接踵，人声鼎沸，是北京最热闹的消夏场所。可是，明朝有荷花市场吗？即便有，夜里也关门了吧？

悠悠虽然不情愿，但禁不住妹妹软磨硬泡，只好带着她和田田往荷花市场的方向走去。

此时的什刹海澄明宁静，一盏盏河灯随着水波上下沉浮，星星点点，如梦似幻。三个小伙伴坐在水边的一块大石头上，吹着夜风，听着此起彼伏的虫鸣，仿佛融入了这无边的宁静中。

"你们说，那个脑袋上长犄角的丑八怪和他媳妇到底是什么来历？他们怎么会知道咱们的秘密？"田田忽然想起那对奇怪的夫妇，心里泛起一阵不安。

"他知道什么呀？随口瞎说吧！"悠悠总是很神经大条。

"哪有那么巧？这俩人绝对不一般……"

田田话还没说完，不远处的小树林中忽然传来一阵呜呜咽咽的哭声。

"鬼……"小布丁一头扎进悠悠怀里，田田也不由自主地抓紧悠悠的胳膊。

"别……别瞎说，世上哪儿有鬼啊？"悠悠虽然嘴里这么说，心里也不禁发毛。毕竟今天是鬼节，鬼们全体放假，正在"阳间一日游"。万一哪个鬼留恋阳世不想回去，也不是没可能。

只听那"鬼"哭得凄凄切切，一边哭一边说着什么。三个小伙伴屏息静气，竖着耳朵仔细听，可是他们一句话也没听懂。他居然是个外国鬼，满嘴说的都是外语！

三人虽然害怕，但还是耐不住好奇心的撩拨，钻进了小树林。

只见月光下一个瘦瘦小小的身影站在一棵歪脖树下，掩面痛哭，看起来像个小孩。这么小就做了"鬼"，真够可怜的。悠悠心里不由得升起一股同情。

那"小鬼"哭了一会儿，面朝南方"扑通"一声跪倒在地，"嘭嘭嘭"磕了几个响头，然后站起身解下腰带往歪脖树上一搭，系了个死扣。

小布丁轻声问哥哥："他要干什么呀？"

"哎哟！"看到这一幕，悠悠已经悟到了七八分。他大喝一声，飞身跳起，一脚将那"小鬼"踹翻在地。

田田和小布丁也围了上来，大家你一言我一语地劝道：

"你有什么想不开的，非要上吊呀？"

"生活多美好呀！有什么困难我们可以帮你想办法啊！"

"办法总比困难多嘛，上吊多疼呀！"

“你一个‘小鬼’上吊了，也还是‘鬼’呀！”

“拜托，他不是鬼，是人！”

那“小鬼”被几个神兵天降一般的陌生人吓傻了，呆呆地看着他们，一时不知如何是好。

过了一会儿，他抱着膝盖放声大哭起来：“你们……你们救我干什么？回去我也是死路……死路一条……呜呜呜……”

原来他不是“外国鬼”，他会说中国话。

三人借着月光打量，只见这“小鬼”大约十二三岁模样，长得眉清目秀，头戴乌纱小帽，身穿一件裙摆很大的蓝色百褶“连衣裙”①，腰带刚刚被他解下来，因此衣服显得有些松松垮垮。

“小鬼”一边哭一边说，他名叫阿留，是皇太孙宫里的小内侍。皇太孙最喜欢蟋蟀，每年秋天都要养好几百只蟋蟀。他的主要工作是伺候皇太孙的这些宝贝。

前几日，山东宁阳向皇宫中进献了一批上好的蟋蟀，万岁爷赏给皇太孙四只“紫青”。没想到，半路上就被一个小内侍失手摔死一只。剩下的三只，皇太孙爱如珍宝，每天都要看一看、逗一逗、玩一玩。皇太孙还给它们取了名字，一只叫“紫青上将”，一只叫“金翅将军”，一只叫“光禄大夫”。

---

① 这种服饰名为贴里，是明代内侍常穿的衣服款式，腰部以下有大褶使袍身下摆外张，端庄大气。

金翅将军脑袋大、尾巴长、青脖子、金翅膀，乃上品中的上品。每年寒露①，在京的皇室子弟都要举行斗蟋蟀大赛。皇太孙说，今年他就指着金翅将军夺魁了。可是这天上午，阿留给金翅将军喂水时，它竟然从蟋蟀罐里蹦出去了。

"金翅将军蹦得高、跳得快，我扑了几次都没抓到，最后总算把它逼到墙角。我想，这回可不能让它逃了，便使劲儿一扑。没想到劲儿大了，金翅将军腿折了，肚子也破了……"说到这儿，阿留又哭起来，"皇太孙要是知道我弄死了金翅将军，非要我的命不可。我偷偷溜出皇城，想到什刹海捕一只好蟋蟀，带回去将功赎罪。可金翅将军是名品，北京城根本没有那么好的蟋蟀。我回去也是死罪，还不如自我了断干净……"

说到这里，阿留又抱着膝盖哭起来。

"皇太孙""紫青"……听到这些名词，悠悠、田田和小布丁心里怦怦直跳——这不跟爱因斯坦的经历对上了吗？

"喔喔喔喔！"小布丁手中的蟋蟀罐中传出一阵急切的鸣叫。

"我们正好有一只'紫青'可以送给你！"小布丁对阿留说。

"什么？"悠悠和田田吃了一惊，疑惑地看着小布丁，她

---

① 二十四节气中的第十七个节气，属于秋季的第五个节气。白露、秋分、寒露三个节气，是老北京人斗蟋蟀的高潮期。

真舍得把爱因斯坦送给阿留？

小布丁无奈地指了指蟋蟀罐，说："它让我这么说的。"

既然是爱因斯坦自己的决定，悠悠和田田也不便干涉，只能听它下面怎么说。

小布丁接着说："我这只蟋蟀也是山东宁阳产的'紫青'，皇太孙肯定会喜欢的。"

说着，她打开蟋蟀罐，送到阿留面前。

阿留是"一朝被蛇咬，十年怕井绳"，生怕蟋蟀蹦出来，连忙用袖子掩住罐口，可爱因斯坦根本没有要逃跑的意思。它稳稳地趴在罐底，两只半透明的金色翅膀轻轻振动，发出阵阵清脆的虫鸣。

"它……它不太像金翅将军……我是说，它比金翅将军还威风！"阿留激动得语无伦次，"你真舍得把这只宝贝蟋蟀送给我吗？"

小布丁云淡风轻地说："那有什么舍不得的！不过，我有一个条件，你得带我们进皇城里玩一玩。"

"这也是爱因斯坦说的？"悠悠和田田异口同声问。

小布丁嘿嘿一笑说："这是我说的。"

三人心照不宣地笑了。

其实"送蟋蟀回家"不过是个借口，看看六百年前的北京城到底什么样，才是他们此行的目的。

阿留像抓住救命稻草一样，没命地点头："没问题！皇太孙正想请行家训练一下蟋蟀，肯定会欢迎你们的。"

第五章 "养蟋圣手"小布丁

折腾了一宿，天边已经泛起鱼肚白。

街上渐渐开始有人走动，一些沿街店铺开启了门板，小伙计们忙着洒扫庭除。路边的早点摊子也摆出来了，热气腾腾，香飘四溢。小贩一边忙着生火做饭，一边吆喝道："热饽饽[①]、火烧哩，刚出锅的甜浆粥[②]……"

阿留掏出几枚铜钱，买了四个火烧和四碗甜浆粥，四人胡乱吃完便往地安门走去。

阿留听他们管皇城北门叫"地安门"，不解地问："你们怎么叫'地安门'呀？皇城北门叫'北安门'，老百姓俗称'厚载门'。"

"我们……我们昨天刚到北京，哪里都不认识！"田田赶

---

① 热饽饽：馒头。
② 甜浆粥：用大米和新鲜豆浆煮成粥，再加少许白糖。

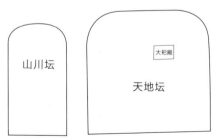

58

紧打马虎眼，并向悠悠和小布丁使了个眼色，提醒他们不要多嘴，小心露馅儿。

此时，北安门已经开了，几名守门官军正在门口执勤。

阿留将腰间悬挂的椭圆形乌木牌①摘下，毕恭毕敬地递给一名官军。官军在一个专门存放腰牌的箱子里翻出一块乌木牌，与阿留递上的乌木牌一比对，两块乌木牌背面均用火印烙"关防出入"四字篆文，正好是一对。

然后，他翻开一个记录本，找到阿留登记的条目说："昨天你出去的时候说傍晚就回，怎么现在才回来？这三个孩子是什么人？"

阿留赔笑道："昨天，我到什刹海为皇太孙殿下抓蟋蟀去了。本以为傍晚能回来，结果折腾了一天也没抓着好的，幸亏遇到这三位奇人，他们有宝贝要献给皇太孙殿下……"

"别说那些没用的！"守卫不耐烦地挥挥手说，"他们有腰牌吗？"

阿留灰溜溜地说："没有。"

"没有腰牌你也敢带他们进皇城？好大的胆子！"守卫吃了一惊，仔细打量着悠悠三人，"瞧他们仨怪模怪样，是不是想图谋不轨？"

---

① 明代宦官出入宫禁佩腰牌。上品用牙牌，下品用乌木牌。腰牌一面刻"内"字或"小"字若干号，并用火印烙"关防出入"四字篆文；一面刻"内使"或"小火者"字样。

“不敢，不敢！我们真是来献蟋蟀的。”小伙伴们慌了神，忙将蟋蟀罐送到守卫面前，一个劲儿地解释。

正在这时，一群内侍风风火火地从皇城内跑出来。

为首的老内侍一见阿留就尖着嗓子喊道：“阿留，你个小兔崽子，跑哪儿去了？让咱家①好找。你把金翅将军弄哪儿去了？皇太孙殿下气得直跺脚，要拿你问罪呢！”

话音未落，他身后的小内侍们一拥而上，将阿留按倒在地，捆了个结结实实。

“你们怎么绑人呀？金翅将军死就死了，我有更好的蟋蟀要献给皇太孙！”小布丁见他们欺负阿留，气往上撞，一马当先挡在阿留身前。

“给我一起绑了！”老内侍尖厉的声音刺得人耳膜疼。

“有话好好说，有话好好说嘛！哎哟——”悠悠话没说完，三人已经被内侍们绑成了三只“大粽子”。

内侍们一路推推搡搡，押着小伙伴们沿着大路往南走。走了五六百米，道路尽头是一座样子与北安门差不多，但规模小一大圈的门②，这座门后面就是巍峨的景山。咦？奇怪！

---

① 咱家：内侍的自称。

② 为了增强皇城和紫禁城间的防护，明代皇城与紫禁城之间有十二座门，即北上门、北上东门、北上西门、北中门、东上门、东上南门、东上北门、东中门、西上门、西上北门、西上南门、西中门。悠悠等人路过的这座门是北中门。

景山上的五个亭子怎么没了①？

悠悠用询问的眼神看了看田田，田田不明就里地摇摇头。看来，她这个超级学霸对六百年前的北京城也是两眼一抹黑啊！

悠悠和田田本想穿过这座门，进景山看个究竟，可内侍们在门前向左拐，往景山东边的街道走去。悠悠努力回忆着老爸带他去景山玩的情景，心想，这条路应该就是景山东街。眼前的景山东街与他记忆中的样子一点儿都不像。不但街两边的住户和商店没了，连街道也变窄了，而且多出好多红墙和关卡。

走到景山东街尽头，迎面出现一条河②，河对岸是一堵灰色宫墙，墙里是连绵起伏、一眼望不到头的黄色琉璃瓦。

看到这一幕，悠悠、田田和小布丁异口同声道："故宫！"

没错，他们看到的这片巨大的宫殿群正是"故宫"！

不过，在明永乐十九年，它可不叫"故宫"，而是皇宫"紫禁城"。

看着紫禁城的红墙黄瓦，悠悠、田田和小布丁心里说不出的激动，这是他们在永乐年间北京城中唯一认识的地方。

---

① 景山之巅有五座亭子，自东向西依次是周赏亭、观妙亭、万春亭、辑芳亭、富览亭。这五座亭子建于清乾隆十五年（1750年），所以明代是看不到的。
② 紫禁城的护城河，俗称筒子河。

此时，紫禁城刚刚建成不到一年，红色的宫墙是那么鲜艳，黄色的琉璃瓦是那么灿烂，筒子河的河水是那么清澈，只是河边的柳树还没有栽上，显得光秃秃的。

沿着筒子河往东走，又一座熟悉的建筑出现在眼前——紫禁城角楼。紫禁城角楼是北京城著名的拍照打卡胜地。每到蓝天白云或大雪纷飞，各路摄影爱好者就会在筒子河边架起"长枪短炮"，拍下角楼美丽的身影。

内侍们并不停步，带着小伙伴们钻进角楼东边一条长长的街道。

街口有一座木制的栅栏门①，沿街是两溜儿红色或灰色的平房。悠悠心里盘算，这条街应该是北池子大街，再往前走就是东华门了。果然，走了十几分钟，样子跟天安门有点儿像的东华门出现在道路左边。田田记得，冯老师讲过东华门是紫禁城的东门，难道这些内侍要带他们进紫禁城？

内侍们经过东华门没有停步，径直拐进东华门斜对面的一片宫殿。

阿留小声说："皇太孙宫到了。"

皇太孙宫虽然比紫禁城规模小得多，但也是院子套院子、

① 永乐年间，北京城划分为五城四十坊。坊，大约相当于现在的街道。坊有坊门、坊墙、出入口。宋代，里坊制度被打破。城市里取消宵禁，封闭式的坊墙逐渐开放，坊门也起了变化，没有以前的高大，大致类似栅栏门。

大门套大门。内侍们押着小伙伴们来到最里面的一进院子，只见院里黑压压跪满了人。

一个头戴乌纱翼善冠①、身穿红色袍服的少年站在众人面前。他大概十五六岁模样，生得方头大耳，皮肤黝黑，身材魁梧，站在众人面前像个黑铁塔②。

"连个蟋蟀都看不住，要你们这帮废物有什么用？金翅将军要是找不回来，我把你们都轰出去。"

少年双手叉腰，大发雷霆，跪在院中的大小内侍吓得连大气都不敢出。

押解悠悠等人的老内侍紧跑两步跪倒在少年面前，报告："启禀殿下，阿留让我给逮回来了……"

"金翅将军呢？我的蟋蟀呢？"皇太孙一点儿也不关心阿留，他最关心的是蟋蟀。

阿留跪在地上不住磕头："殿下饶命，殿下饶命！"

"狗奴，连只蟋蟀都看不住，要你何用？"皇太孙怒不可遏，飞起一脚将阿留踹得连翻好几个跟头。

"喂！你怎么踢人呀？"原本还有些害怕的小布丁见皇太

---

① 明朝皇帝、太子、亲王等皇室成员日常戴的帽子。皇帝戴金丝翼善冠，太子、亲王等戴乌纱翼善冠。明定陵出土了三顶万历皇帝戴的翼善冠，其中一顶是金丝翼善冠。这是中国现存唯一的帝王金冠。

② 皇太孙是明成祖长孙、明代第五位皇帝朱瞻基。朱瞻基生于1398年，书中小主人公穿越的时间是永乐十九年（1421年），朱瞻基已经23岁。为了故事叙述方便，作者将他的年龄缩小了。

孙上来就踢人，气得怒发冲冠，上前一步嚷嚷起来。

"你是什么人？"皇太孙一愣，显然从来没人用这种语气跟他说过话。

"殿下恕罪，他们是南方来的'养蟋圣手'，是专门来给殿下献蟋蟀的。"阿留怕小布丁惹怒皇太孙，连忙抢着说。

"'养蟋圣手'？好大的口气！先让我看看你的蟋蟀！"说着，皇太孙命人松绑，并接过小布丁手中的蟋蟀罐。

只见一只泛着紫青色油光的蟋蟀静静地趴在罐底，两只长长的触须潇洒地来回摆动，一双金色翅膀忽闪忽闪，不时发出清脆的鸣叫，六条半透明的长腿健硕有力。最显眼的要数它的大脑袋，头形又高又圆，头顶锃光瓦亮，活像个大奔儿头的老寿星。

皇太孙也是玩蟋蟀的高手，一看这只蟋蟀就是个能"掐"的狠角色，但他不想助长这几个来路不明者的气焰，鼻子里哼了一声说："也就一般般吧！"

"一般般？我这可是山东宁阳的蟋蟀名品——紫青。"小布丁听他这么说，心里老大不乐意。

"紫青有什么稀奇？我有好几只呢！来人呀，把紫青上将给我拿来！"

皇太孙话音未落，一个小内侍一路小跑奔向后院，不一会儿捧着一个青花瓷的蟋蟀罐回来了，里面装的正是紫青上将。

"你说你的好，我说我的好。到底谁厉害，一掐就知道！"小布丁把蟋蟀罐往桌子上一墩，不服气地跟皇太孙叫板。

面对小布丁的挑衅，皇太孙不但不生气，反而十分兴奋地说："比就比！来人啊，把'斗盆'拿过来！"

一名小内侍呼哧带喘地端来一个比脸盆还大的瓷斗盆放在桌子上。斗盆中有个木头做的小闸门，将斗盆分隔为两个独立的空间。抱着蟋蟀罐的小内侍，小心翼翼地将紫青上将倒入斗盆左侧，小布丁将爱因斯坦倒入斗盆右侧。

一般来说，蟋蟀的主人要先用蟋蟀草引逗蟋蟀的触须，撩拨得它张牙舞爪、怒气冲冲，再将闸门开启投入战斗。可爱因斯坦完全不需要撩拨，一入斗盆就"嘿嘿嘿"叫个不停。它那对白森森的小牙像小钳子般一张一合，看起来凶狠可怖。

刚入斗盆的紫青上将好像还没搞清楚状况，小内侍用蟋蟀草一个劲儿地引逗它，它还是木呆呆地趴着，不叫也不动。

按照规则，只有两只蟋蟀都进入战斗状态后，才能开始比赛，可打了鸡血般的爱因斯坦后腿一蹬，"噌"地越过闸门，跳到紫青上将的场地。两个起落之后，爱因斯坦已经杀到紫青上将身后。说时迟，那时快，只见它大牙张开，一口把紫青上将的一条大腿咬了下来。

在场的人无不骇然，大家从没见过这么干净利索又血腥残忍的对决。一般来说，即便两只蟋蟀实力悬殊，也要周旋几圈才能分出胜负，可爱因斯坦就像"百万军中取上将首级如探囊取物"的张飞，毫无征兆就干掉了敌人。这不是比赛，简直是屠杀啊！

照顾紫青上将的小内侍急了，嚷嚷道："犯规！犯规！比赛还没开始，怎么就咬上了？你们也太不讲规矩了……"

他正要找小布丁理论，一旁的皇太孙插话说："下去，少废话！这只蟋蟀是'战神'啊！在它面前，紫青上将就是废物！这样的废物掉一条腿有什么可惜？看来，你们还真是'养蟋圣手'！"

此时，小布丁已经将爱因斯坦收回到自己的蟋蟀罐中，得意扬扬地说："不敢当，不敢当！皇太孙殿下要是喜欢，这只蟋蟀就送给你吧！"

"你真舍得把它给我？"皇太孙一听这话，两眼放光，脸上露出一派少年特有的天真。

"不过，我有一个条件：你不能再为难阿留了！"小布丁说。

"这个自然，这个自然！"皇太孙兴奋地不住点头，"这只虫比金翅将军强百倍！阿留举荐有功，赏！"

"皇太孙，不是我说你，你养蟋蟀的方法不对头呀！"小布丁老气横秋地说，语气用词跟她平时判若两人。

悠悠和田田的心一下子提到了嗓子眼，心想，她一个小丫头，这么不留情面地当众质疑皇太孙养蟋蟀的水平，皇太孙会不会恼羞成怒呀？

出人意料的是，皇太孙不但没恼，还谦虚地问："哪里不对头？"

小布丁不客气地说："先说你这个蟋蟀罐吧！瓷蟋蟀罐虽然好看，但是不透气，罐底又滑又凉，蟋蟀待在里面站都站不稳，很不舒服。懂行的都用陶制蟋蟀罐养蟋蟀——就像我这种，而且还要在罐底铺一层土。蟋蟀生性喜欢潮湿阴暗的环境，所以蟋蟀罐里要洒点儿水，保持湿度。这样蟋蟀就像生活在大自然里一样，心情舒畅，自然斗志昂扬。你这斗盆盆底也应该捶点儿土，要不然蟋蟀脚底下打滑，容易失误……"

小布丁滔滔不绝说了半个小时，从蟋蟀的自然习性到喂养器具，从环境布置到打斗训练，说得头头是道，真有点儿"养蟋圣手"的风采。

悠悠、田田听得目瞪口呆，心想，这小丫头什么时候成"蟋蟀通"了？她从哪儿学了这么多养蟋蟀的秘诀？

小布丁见他俩瞠目结舌的样子，挤了挤眼，说："爱因斯坦告诉我的。"

原来有场外指导！蟋蟀自己现身说法，自然比任何养蟋高手都高明得多。

皇太孙也是玩蟋蟀的行家，听小布丁说得有理有据，不禁心服口服。

他收起倨傲的神气，站起身，毕恭毕敬地拱手道："听君一席话，胜读十年书！姑娘果然是'养蟋圣手'。"

"不敢当，不敢当！"小布丁惟妙惟肖地学着古装电视剧里说话的腔调。

"三位可否在我宫中小住几日，帮我调教调教宫里这些蟋蟀……"

皇太孙话还没说完，小伙伴们就欢呼起来。他们穿越到明朝，就是为了来北京城玩的，现在能住在皇太孙宫里，简直是千载难逢的美事，哪有不同意的道理？

皇太孙接着说："每年寒露，皇族子弟都要举行斗蟋大赛。去年我输给了二叔，今年……"

小布丁抢过话头："今年包在我身上，有爱因斯坦出马，一定为你报仇雪恨。"

听到这儿，悠悠和田田拽了拽小布丁的袖子，小声问："爱因斯坦不是要回皇宫吗？你怎么这么大方就把它送人了？"

小布丁朝着蟋蟀罐努了努嘴说："是它自己要留在皇太孙宫里参加比赛的。"

悠悠和田田无话可说，原来小布丁只是爱因斯坦的传声筒，这一切都是它自己的主意。

皇太孙兴奋极了："哈哈，今年二叔一家可没机会在我面前耀武扬威了！我简直都等不及看他们灰头土脸的样子了！

不过，'爱因斯坦'这名字有点儿奇怪，好像一个西洋名字，你们是从西洋来的吗？"

"没错，没错，我们是从印度来的。"悠悠随口胡诌。

"印度？三保太监①这次下西洋，刚去过印度。这几天他正在京师②。哪天把他请来，大家一起聊聊。我最喜欢听他讲下西洋的故事了。"

没想到，刚信口开河就穿帮了，悠悠赶紧用手捂住嘴巴。

不过，要是真能认识一下郑和，也算是个意外收获吧。

---

① 即郑和，明代航海家。
② 历史上，郑和永乐十九年（1421年）正月第六次下西洋，来年八月返回。故事中，作者为叙述方便，将郑和抵京时间提前至永乐十九年七月。

第六章　朝前市听评书

皇太孙十分豪爽，不但赏赐给悠悠三人许多银两，派了好几名宫女、内侍伺候他们，还叮嘱阿留："一定要招待好三位养蟋圣手。"

不过，被一大帮宫女、内侍前呼后拥，三个小伙伴感到很不自在。

他们对阿留说："我们不用这么多人伺候，你陪我们逛逛北京城就行了。"

阿留笑着说："那没问题，不过你们最好先换身衣服再上街。你们这身印度衣服太奇怪了，非引起围观不可。"

悠悠三人心想，幸亏阿留没跟郑和去过印度，否则这瞎话分分钟就会被识破。

说话间，宫女们已经将两套漂亮的衣裙捧到了田田和小布丁的面前。

她们为小布丁准备的是一件银红缎子绣金对襟袄，一条宝石蓝挑线长裙；为田田准备的是一件柳绿杭绢对襟袄，一条浅蓝色水绸长裙。负责梳头的宫女，给她们每人梳了两个小鬟髻，显得可爱极了。

不过选鞋的时候，宫女们可犯愁了，根本没有田田和小布丁那么大尺寸的鞋——她俩的脚太大了！

"什么，你们的脚丫子居然这么小？跟幼儿园小朋友的脚差不多！"小布丁盯着宫女们的三寸金莲，惊讶得目瞪口呆。

田田在她耳边小声说："明朝女孩小时候都要裹脚。"

"'裹脚'是什么意思？"小布丁从没听过这个词。

"就是用一条长长的布带把脚使劲儿缠住，不让脚长大。你看，她们的脚都像幼儿园小朋友的脚那么大。"田田解释。

小布丁撩开一名宫女的长裙仔细瞧，她的脚居然是三角形的，又小又尖，走起路来一步三摇。好端端的脚丫子，为什么要用布条缠住不让它长大？

小布丁问田田："脚裹成这样，还能跑步、跳绳吗？"

不等田田回答，一个小宫女笑道："小布丁姑娘不知道我们大明的习俗，我们大明的姑娘是不能跑跑跳跳的，那样太不端庄了。"

田田和小布丁撇了撇嘴，心想，幸亏自己没有出生在明朝，否则"裹脚"这关她们就受不了。好好一双能跑能跳的脚丫子，

非要裹成小粽子，太莫名其妙了。

"你们把脚裹成这样，不疼吗？"小布丁问。

"疼，当然疼了。小时候我妈给我裹脚的时候，我老是偷偷地拆裹脚布。因为这个没少挨打呢！"另一个宫女笑道，"现在想起来，小时候真不懂事，不明白妈妈的一片苦心。女孩子不裹脚不但难看，还会被人耻笑。"

什么？她们居然认为把脚丫子裹成小粽子好看！田田和小布丁无语了。她们心想，这么没有人性的招儿，不知道是谁想出来的。此时，二人已经兴致全无。

小布丁向宫女们挥了挥手说："算了，算了！没有合适的鞋，我们也不换了。我们才不稀罕穿你们的小绣花鞋，还是我们的运动鞋舒服。"

于是，她俩身穿明代衣裙，脚穿自己的运动鞋。看起来活像在故宫里穿"汉服"、打卡拍照的山寨穿越者。

悠悠对他这身行头①倒很满意。他身穿一身宝蓝色曳撒②，腰系一条细细的白色腰带，头戴乌纱小帽，足蹬白色长筒靴，显得英俊潇洒、玉树临风。

"要是再绣上几条飞鱼就好了，那我就能像电影里的锦衣

---

① 行头：原意为戏曲演出服，后引申为衣服、装束、打扮。
② 曳撒（yì sǎn）是中国的传统民族服饰，其读法源自蒙古语，为"一色（shǎi）"变音，本来是元代服饰之一，明初皇宫中也十分流行。

卫那么帅了！"悠悠边照着镜子边喜滋滋地说。

阿留笑了："也不是所有锦衣卫都能穿飞鱼服，只有万岁爷赏赐的才能穿。"

三人虽然一宿没睡，但一丝困意也没有。他们换好新造型，迫不及待地央告阿留带他们出去玩。

阿留想了想说："朝前市离得不远，我带你们去那儿逛逛吧！那里是北京城最繁华的地方。"

朝前市？

三个小伙伴从小在北京长大，从来没听说北京有这个市场。他们怕言多语失，不敢多问，心想，跟着阿留去看看就知道了。

一行人出了皇太孙宫，沿着玉河^①往南走。

玉河河道不宽，河水澄清透明，火红的锦鲤游弋水中。两岸烟柳苍苍，芳草茵茵，亭台楼阁，幽静宜人，俨然是一派田园风光。

悠悠小声嘀咕："我记得东华门外是王府井步行街。没想到，明朝这里竟然是个大花园。"

田田说："我也挺震惊的。这回我算知道什么叫'沧海桑田'

---

① 玉河是京杭大运河的一部分，从什刹海至前三门（正阳门、宣武门、崇文门，因位于皇城之前，故称前三门），也被称为"御河"，1293 年由郭守敬主持修建完成。明代玉河是北京城内一条内河，1956 年玉河改成暗渠。2006 年"北京玉河历史文化恢复工程"启动，恢复了 480 多米的古玉河河道。

了！六百年前的北京城跟咱们生活的北京完全不一样。"

悠悠说："也不是完全不一样啦！至少故宫还是那个故宫，好些地名还一样……"

"现在我们来到的这座园林是东苑①，"阿留的解说打断了二人的交头接耳，他像个称职的导游边走边讲，"今年五月节②，万岁爷亲自到东苑观看击球、射柳的比赛。"

"击球、射柳是什么游戏？"小布丁问。

阿留说："击球就是两队人骑着马用球杆击球，看谁能先将小球打到球门里。射柳就是把一只装着鸽子的小盒拴在柳树梢上，看谁能将盒盖射掉，鸽子飞出。"

"那不就是马球吗？匈奴人也爱玩这个……"

悠悠想起穿越汉朝时，随张骞出使西域途中看到匈奴人打马球的情景，刚想吹吹牛，大腿就让田田狠狠拧了一把。他立刻意识到，自己又差点儿露馅儿，忙捂住嘴巴，把后面的话咽回去了。

不过，阿留并没有留意到他尴尬的表情，继续说道："我们皇太孙是击球、射柳的高手，端午节那两场比赛，他都是冠军，可神气了！"

---

① 东苑始建于明朝初年，位于东华门外的南池子大街一带，今菖蒲河公园就属东苑范围。
② 五月节即端午节。

"皇太孙还挺厉害的，他叫什么名字呀？"小布丁问。

阿留看了看左右无人，神秘兮兮地说："皇太孙的名讳是朱瞻基。"

"他就是朱瞻基呀！"田田恍然大悟。

田爸曾经说过，明朝的第五位皇帝——明宣宗朱瞻基文武双全，很有作为，可是他因为喜欢斗蟋蟀，落了个"蟋蟀皇帝"的绰号。

听到田田大声叫出皇太孙的名字，阿留吓得浑身一抖，忙小声制止："皇太孙的名讳可不是谁都能叫的，让人听见是要获罪的。"

三个小伙伴吐了吐舌头，心想，起名字不就是给人叫的吗？不许人叫，起什么名字呀？古代稀奇古怪的规矩可真多。

他们一路走一路聊，不知不觉已经出了皇城，来到大明门前。

田田记得，爸爸曾经告诉她，天安门和正阳门中间——就在现在毛主席纪念堂的位置，原来还有个单层的小门楼，明朝的时候叫大明门，清朝的时候叫大清门，后来民国时改叫中华门。

"什么？你的意思是咱们现在站在天安门广场上？你不会是在开玩笑吧？"悠悠惊讶地环顾四周，周围除了城门就是城墙，哪有半分广场的样子，甚至连天安门都没有。

阿留见他们东张西望，便问道："你们找什么呢？"

"天安门，就是皇城的正门。"田田说。

"皇城正门叫承天门①。喏，远处红墙里，那座两层的黄色琉璃瓦大门楼就是。"阿留指着被城墙遮住的黄色大屋顶说。

天哪，北京变化太大了！明朝天安门广场上居然有这么多建筑，根本就不是同一个广场。悠悠、田田和小布丁就像"刘姥姥进了大观园"，看什么都新鲜。

朝前市就在大明门前。这里每天上下朝的官老爷特别多，好多精明的商人都来摆摊，所以很快便成为京城最繁华的市场。

大明门前，布棚子一家挨着一家，支不起布棚子的小商贩，或者挑着担子沿街叫卖，或者干脆摆个地摊儿。他们卖的东西也五花八门，衣裳布匹、绸缎皮毛、折扇雨伞、陶瓷器皿……一摊儿连着一摊儿；灯台铜锁、马镫马鞍、书籍字画、笔墨纸砚、古玩珠宝、线香纸花……一处挨着一处。

摆摊的小贩生怕顾客错过自家的摊位，吆喝声此起彼伏，花样翻新：

"喝了水儿的蜜桃来喂！一汪水的大蜜桃！玛瑙红的蜜桃来哎！"

这是卖水蜜桃的。

"枣儿来，糖的咯哒喽！"

---

① 承天门是紫禁城正门，始建于明永乐十五年（1417年），清顺治年间改为天安门。

这是卖枣的。

"白花藕来，河鲜来，卖老莲蓬来呀！鲜菱角来哎！"

这是卖莲蓬、菱角的。

"赛狸猫，大的吃了跳三跳，小的闻闻就跌倒！"

"赛狸猫"是什么东西？

小伙伴们循声一瞧，这家地摊上竟然一排一排摆了二十五只死耗子！明朝人买死耗子干什么？这也太恶心了吧！三人差点儿吐了。

"我不是卖死耗子的，"摊主大叔笑眯眯地捧出一个小纸包说，"我是卖耗子药的！我这耗子药赛狸猫，大耗子吃了跳三跳，小耗子闻闻就跌倒。客官要不要买两包回去试试？不管用不要钱。"

"不用、不用！再见、再见！"小伙伴们双手乱摆，飞也似的逃走了。

"这朝前市可真热闹，可惜都是活动摊位，为什么不盖商店呢？"田田一边吃着刚买的"元宫秘制宫廷奶酪"，一边问阿留。

阿留说："这里离皇宫太近，所以不允许开设固定店面。

万岁爷特意命人在丽正门^①外、鼓楼前盖了许多廊房^②，打算出租给商户，现在正在招商呢，那里很快就会成为店铺林立、商贾云集的商业街。万岁爷可真是远见卓识。听老人们说，原来北京城只有十几万户居民，市面特别萧条。自从万岁爷打算把京师从南京迁到北京，就将山西、江南的富户迁来，还专门建了廊房给他们做生意。你们看，现在朝前市百货云集、人声鼎沸，多热闹！"

没想到，明朝皇帝思想挺开放，还知道招商引资，悠悠和田田十分叹服。

悠悠问："你说的'万岁爷'就是朱棣吧？"

"嘘——小声点儿！当街称呼万岁爷的名讳，你不要命了？"阿留吓得脸都白了。

田田咬着后槽牙对悠悠说："拜托，你少说两句行不行？"

悠悠吐了吐舌头，决心今天把嘴巴封上，除了吃喝再也不张嘴了。

四人说说笑笑，一路吃一路逛，走到丽正门城根，见城门洞附近围着一大圈人，里面传来一阵叫好声。

---

① 丽正门是元大都南城门，也是正阳门的前身。明永乐十七年（1419年）将元大都南城墙向南拓展约一公里，南城门仍叫丽正门。明正统年间，京城大规模修建城墙、城门时，才将丽正门改名为正阳门。
② 永乐年间营建北京城时，在皇城四门、钟楼、鼓楼、丽正门处，修建了几千间民房和铺房，召民、商居住、经营，这些房屋被称为廊房。现在前门外仍留有廊房头条至廊房四条的地名，著名的"大栅栏"就是廊房四条。

"哟，这里还有演出呢！"小伙伴们十分惊喜，不由分说便挤进人群。

只见人群中摆着一张小木桌子，一名青衣小帽的说书先生端坐桌后，只见他一拍醒木，先来了一段定场诗："枯藤老树昏鸦，小桥流水人家，古道西风瘦马。夕阳西下，断肠人在跟前！①"

"好！"

观众们一片叫好。

悠悠最爱听评书，也跟着大家拍起巴掌来。

他边鼓掌边问身边一位大叔："今天讲的是哪一段呀？"

大叔还没来得及回答，他身后一个声音答道："《八臂哪吒城》，说的是永乐爷定都北京城的故事。"

"芭比！耶！太好了，我最喜欢芭比了！"小布丁欢呼起来。

田田无奈地说："拜托！'八臂'是八条胳膊的意思，不是你爱玩的芭比娃娃。"

小布丁知道自己露怯了，吐了吐舌头，不敢再多嘴。

田田回过头想谢谢这位热心人，陡然发现此人额头上长

---

① 元代马致远的散曲《天净沙·秋思》，原文是："枯藤老树昏鸦，小桥流水人家，古道西风瘦马。夕阳西下，断肠人在天涯。"说书先生常用它作为定场诗，不过会根据不同场景，酌情修改字句。

着两个肉瘤，脸的正中长着一个"牛鼻子"。他不就是中元节庙会上那个陪着妻子看《目连救母》的"丑丈夫"吗？田田连忙别过脸，假装不认识。

"丑丈夫"全神贯注地盯着说书先生，根本没看他们。

"书接上文！"说书先生开讲，"话说靖难①之后，万岁爷在南京城面南背北登基坐殿。可是，他老人家自幼生活在北平府②。北平府自古乃燕赵之地，慷慨雄浑，岂是小桥流水的南京可比？在南京待了些日子，万岁爷就开始想家了，想把这京师从南京搬到北平。他把想法跟文武百官这么一说，大家都说：'不可，不可，万万不可！北平府原是苦海幽州之地，地下住着一条孽龙。万岁爷是真龙天子，真龙对真龙，这龙王肯定要捣乱呀！'"

"丑丈夫"鼻子里哼了一声，嘀咕道："编吧！编得有鼻子有眼的。"

他嘴上虽然不屑，但仍听得十分认真。

说书先生继续讲道："万岁爷想想，此话有理啊！于是，

---

① 明建文元年（1399 年），明太祖朱元璋第四子燕王朱棣发动靖难之役，历时三年，夺取了侄子建文帝朱允炆的皇位，自己称帝。
② 元代定都北京，即元大都。明太祖朱元璋定都南京，将北京改为北平府。洪武三年（1370 年），朱棣被册封为燕王，燕王府便设立在元西宫内。朱棣登基之后，将北平府升为北京。

请出大军师刘伯温[①]、二军师姚广孝[②]。刘伯温辅佐洪武爷夺天下，姚广孝协助永乐爷坐龙廷，他俩都是上知天文、下晓地理、神通广大的人物。听说万岁爷要迁都，二人马上自告奋勇，担当起建造北京城的重任……"

"胡说，刘伯温都死了三四十年了。他怎么会跟姚广孝一起建北京？越编越没边儿了！""丑丈夫"聒噪[③]起来。

说书先生停了下来，不满意地看着"丑丈夫"说："这位爷，要不然您来讲？"

"丑丈夫"还没回话，观众们不干了，纷纷对他怒目而视：

"别捣乱，不听出去！"

"不听出去！"

"就是！"

"丑丈夫"撇了撇嘴，不言语了。

说书先生继续讲："刘伯温、姚广孝二人到了北京，天天出去踩看地形，琢磨怎么营建都城才能压制住这条孽龙，不让它捣乱。可是，大军师刘伯温看不起姚广孝，二军师姚广孝也不服气刘伯温。二人貌合神离，别别扭扭。

---

① 刘伯温（1311 年－1375 年），名刘基，字伯温，是明朝的开国元勋。永乐年间，刘伯温已经去世，由于他在明太祖朱元璋夺天下的过程中屡建奇功，逐渐成为神化一般的人物。

② 姚广孝（1335 年－1418 年），是一名僧人，法名道衍，他与明成祖朱棣共同谋划了靖难之役，一手辅佐朱棣登上皇位。

③ 聒噪（guō zào）：吵闹。

"有一天，刘伯温说：'姚二军师，咱们干脆分开住吧。你住西城，我住东城，各想各的办法，各显各的神通。十天以后，咱们在县衙见面，脊背对脊背，各人画各人的城图。看看谁画的图，能让万岁爷满意！'

"姚广孝心想，刘伯温这是想独揽大功啊！他冷笑一声说：'大军师说得有理，就这么办！'当下，二人就分开来住！

"二人能不能降伏孽龙，北京城到底是谁设计的？列位看官，欲知后事如何，请听下回分解！"

说书先生醒木一拍，不讲了。

悠悠和小布丁正听得入神却没了下文，只觉得百爪挠心。

二人还没来得及抱怨，"丑丈夫"先嚷嚷开了："我最恨故事讲一半'留个扣子'，好像一口气吊在中间，上不来下不去。今天天还早，你倒是接着讲嘛！"

说书先生微微一笑："这位爷，心急吃不了热豆腐！欲知后事如何，您明天这个时候再来嘛！"

"赖皮、赖皮！你就是蒙人家钱……""丑丈夫"依旧不依不饶，聒噪不停。

这时，一名坐在墙根底下的落魄中年人，趿拉着一双破鞋，踱到"丑丈夫"面前。他穿着一身破旧长袍，头戴宽檐斗笠，"哗啦"一抖手中铜钵，低声道："客官请了！"

他声音嘶哑而低沉，音量虽然不大，却自带一股不容置疑的威严，田田不由得心头一凛。

"丑丈夫"瞥见斗笠下的那张脸，吃了一惊："是你？你怎么会在这儿？"

那男子如古井般波澜不惊，也不回话，仍旧说道："客官请了！"

"丑丈夫"就像一位说错了话的小朋友，赶紧用手捂住嘴巴，另一只手从怀里抓出几枚铜钱扔到铜钵中，头也不回地挤出人群逃走了。

奇怪，那么嚣张的一个人，怎么会怕一个替说书先生收钱的杂役？

田田忍不住多看了那中年男子几眼。

只见他手托铜钵，一个挨一个地讨要赏钱，并没有丝毫特别之处。

第七章　爱因斯坦大战金翅王

在朝前市玩了一天，傍晚时分，阿留才带着小伙伴们回到皇太孙宫。

刚到宫门口，一个小内侍就急吼吼地迎上来："你们可算回来了！快去蟋蟀房看看吧！都快吵成蛤蟆坑了。"

蟋蟀又不是蛤蟆，怎么会吵成蛤蟆坑？

悠悠、田田和小布丁嘲笑小内侍用词不当，可当他们来到蟋蟀房发现，这里简直比蛤蟆坑还吵闹一百倍。皇太孙宫的蟋蟀房养着几百只蟋蟀，这几百只蟋蟀就像商量好了似的，"曜曜曜——曜曜曜——"叫个不停，声音震耳欲聋。

"它们从中午就开始叫，都两个多时辰了！幸亏今天皇太孙不在宫中，否则我屁股早就被打开花了！"负责养蟋蟀的小内侍哭丧着脸说。

在旁人耳中，这只是震耳欲聋的虫鸣，小布丁听到的却是异口同声的讨伐。

几百只蟋蟀声嘶力竭地喊道："冒牌货滚出去，冒牌货滚出去！"

"你们在说谁？谁是冒牌货？"小布丁问。

"当然是它，新来的蟋蟀！"

"爱因斯坦！"

"它根本就不是蟋蟀，它是魔鬼的使者！"

"它是冒牌货！冒牌货滚出去，冒牌货滚出去！"

现场又陷入迷狂一般的讨伐声中。

"爱因斯坦，怎么回事？它们在说什么？你怎么得罪它们了？"小布丁手足无措地问爱因斯坦。她从没经历过这样的场面，虽然小小的蟋蟀根本伤不到她，但她仍然紧张得浑身战栗。

身陷风暴中的爱因斯坦反而十分镇定，它摆了摆触须说："木秀于林，风必摧之；堆出于岸，流必湍之。①"

"什么七七八八的？"小布丁一句也没听懂。

"就是说它们嫉妒我！我太优秀了。"爱因斯坦云淡风轻地说。

"别往自己脸上贴金了！谁嫉妒你了？"

---

① 高出森林的大树总是要被大风先吹倒，土堆突出河岸，急流肯定会把它冲掉。比喻才能或品行出众的人，容易受到嫉妒、指责。原文出自三国时期李康的《运命论》。

"你就是个怪物，魔鬼的使者，冒牌货！"

"冒牌货滚出去，冒牌货滚出去……"

蟋蟀们又异口同声地骂起来。

"你们也太过分了！凭什么说爱因斯坦是冒牌货？它不跟你们一样是蟋蟀吗？哪里冒牌了？"小布丁委屈得眼泪直打转。

"它脑袋太大！"

"它牙太锋利！"

"它身上的味道也不对！"

蟋蟀们七嘴八舌地说。

"蟋蟀有什么味儿？又不是臭大姐①。"小布丁撇嘴道，"我看你们就是斗不过它，嫉妒！"

"才不是！我们才没有！"

"我们要保持蟋蟀血统的纯洁性！"

蟋蟀们又一顿聒噪。

"好了，让我说两句。"与爱因斯坦一同入选皇太孙宫、唯一幸存的紫青蟋蟀光禄大夫开腔了，"爱因斯坦，你若真是山东宁阳来的紫青，我们应当是兄弟。到底是不是，你自己心知肚明。你骗得了这个小姑娘，骗不了我。我不知道你化装成蟋蟀混入蟋蟀房，有什么阴谋，但我们几百只蟋蟀兄弟

---

① 昆虫，学名叫"椿象"，遇到敌人就放臭气，也叫"放屁虫"。

是不会让你为所欲为的。我们蟋蟀虽然只是小小的秋虫，但也有自己的尊严，不容它虫践踏。"

光禄大夫说得掷地有声，众蟋蟀纷纷摆动触须表示同意。

爱因斯坦也不像刚才那样傲慢了，郑重地说："我没有什么阴谋。明天皇族斗蟋大赛开赛，我就是想代表皇太孙参赛，为他赢得比赛。这不是一场简单的斗蟋大赛，它关系到皇太孙的尊严，帝祚（zuò）的稳固！如果我不参加，凭你们能保证稳操胜券吗？"

爱因斯坦一番慷慨陈词，蟋蟀们不言语了。

过了半晌，光禄大夫说："如果你是为了赢得比赛，我无话可说。不过，一旦让我知道你有任何辱没我们蟋蟀名声的行为，我就是拼上一条性命，也要跟你缠斗到底。"

"缠斗到底，缠斗到底！"

"缠斗到底，缠斗到底！"

众蟋蟀又叫起来。

"它们为什么说爱因斯坦是'冒牌货'？它难道不是蟋蟀吗？爱因斯坦为什么说明天的比赛不是一场简单的比赛？还有'帝祚的稳固'是什么意思？"回到房间，小布丁将蟋蟀们争吵的内容翻译给悠悠和田田听，然后又一口气问了好几个"为什么"。

悠悠和田田听得一头雾水：有谁会去冒充一只蟋蟀？真是太滑稽了！至于什么叫"帝祚的稳固"，连田田也说不上来。这个词太生僻了。

"那我们来问问 Siri 吧！"说着小布丁从背包里掏出 iPad 问道，"Siri，你在吗？"

悠悠和田田嘲笑道："无知的小朋友啊！明朝没有网络，上哪儿找 Siri 去？"

可 iPad 上亮线滚动，Siri 竟然回话了："有什么事？"

简直神了！

悠悠和田田目瞪口呆，不知道小布丁是怎么做到的。

小布丁毫不惊讶，淡定地问："Siri，'帝祚'是什么意思？"

Siri 说："这是我找到的资料。"

与此同时，屏幕上弹出一个名词解释："帝祚的意思是皇位。"

什么？一场斗蟋蟀比赛还关系到皇位传承？这也太夸张了吧？悠悠和田田觉得不可思议。

"难道说，谁的蟋蟀得了冠军，谁就能当皇帝？"悠悠挠着头说。

"那怎么可能？又不是过家家。"田田嗤之以鼻，"我看咱们别瞎猜了，等着明天看好戏吧！倒是小布丁 iPad 里的 Siri，为什么没有网络还能说话？"

小布丁避开田田和悠悠狐疑的眼神，赶紧将 iPad 塞进自己的小背包，心想："没有网络算什么？这个 Siri 神通广大得超出你们的想象！"

第二天一早，天刚蒙蒙亮，皇太孙宫上上下下，忙作一团。

厨房里叮叮当当开始做早餐；蟋蟀房的内侍将几只参赛的"种子选手"小心翼翼地装入蟋蟀罐；皇太孙和"养蟀圣手"小布丁团队乘坐的马车已经备好停在宫门口了。

小宫女们正伺候田田和小布丁梳洗打扮，悠悠和阿留风风火火地进了门。

"小姑奶奶们，快点儿吧！皇太孙殿下已经用过早膳，准备出发了！"阿留催促道。

"这么早去干什么呀？昨天跑了一天，我都快累死了！也不让人多睡会儿。"小布丁一边打哈欠，一边抱怨。

"你们不知道，皇太孙要强，处处都要争先。不管什么活动，他都要第一个到。"阿留说。

"哎哟，真够累的！"小伙伴们异口同声说。

一行人上了马车，直奔斗蟋大赛现场——十王府而去。

听"十王府"这个名字，悠悠和田田以为是十座王府。他们去过什刹海旁边的恭王府，一座王府已经是院子套院子的一大片房子了，十座王府连在一起得多大呀！可到了才知道，十王府其实是一座府邸，面积还没有皇太孙宫大。

"这也太名不副实了！"悠悠说。

阿留说："十王府不是十座王府，而是各地藩王 ① 进京后的临时府邸。'十'不过是个虚数，太祖爷的皇子就有二十多个，当今万岁爷也有三位皇子，再加上众多皇孙，上百人也不止。"

"这么说，今天来参加斗蟋大赛的有上百位皇子、皇孙？"悠悠有些吃惊，没想到斗蟋大赛规模这么大。

"不是，不是。"阿留连忙解释，"王爷们住在全国各地，没有万岁爷召见是不能随便进京的。只有万岁爷的两位皇子——太子 ②、汉王 ③ 和皇孙们住在京师。今天来参加比赛的其实就是咱们家和汉王家。"

朱瞻基带领一行人浩浩荡荡进了十王府，没想到有人捷足先登，汉王朱高煦和他的十个儿子早到了。

朱瞻基紧走几步，躬身施礼道："二叔，我们哥儿几个要耍，怎么还惊动您老人家了？"

"怎么？小子，去年败在我手里，今年不敢跟我斗了？"朱高煦是个人高马大的精壮汉子，长着一身腱子肉，满脸络腮胡子，说起话来声若洪钟，震得人耳膜嗡嗡作响。

---

① 明朝初年，朱元璋将子孙分封到各地做藩王。

② 太子：朱高炽，明成祖朱棣的长子，朱瞻基之父，后来的明仁宗。

③ 汉王：朱高煦（xù），明成祖朱棣次子，被封为汉王。

朱瞻基赔笑道："侄子哪里是二叔的对手！我看今年还是您'老将出马一个顶俩'。"

"嘿，别拿好话糊弄我！听说你昨天得了只宝贝蟋蟀，要杀我们爷们儿一个措手不及？"朱高煦冷笑道。

朱瞻基心头一凛，寻思："怎么昨天刚得了爱因斯坦，今天二叔就知道了？难道我宫里有内鬼？"

他面不改色，客气道："什么'宝贝蟋蟀'？就是一般货色。来人哪，把爱因斯坦拿来，请二叔看看。"

一名小内侍紧跑几步，将装着爱因斯坦的蟋蟀罐呈到朱高煦面前。朱高煦一瞧，这只蟋蟀长着标准的老寿星头，一身紫青色盔甲，鸣叫声清脆嘹亮，果然是上品。

他不以为意地说："也不过尔尔① 嘛！"

朱瞻基干笑两声："我就说入不了二叔法眼嘛！"

没想到，一向心高气傲的朱瞻基在朱高煦面前低调得离谱，二人关系似乎十分微妙，到底怎么回事？

田田在阿留耳边小声嘀咕了一句："这叔侄俩挺怪。"

阿留挤了挤眼，小声说："说来话长，有机会再给你讲。"

只听朱高煦对左右说："来呀，把我的金翅王拿来，跟皇太孙的宝贝蟋蟀掐一掐。"

抱着金翅王的内侍刚要上前，一个穿着白色绣金袍服、

---

① 不过尔尔：不过这样罢了。

头戴乌纱翼善冠的年轻人抢先一步，说："爹爹，让儿子的'将军叫'先来会会皇兄的宝贝蟋蟀吧！"

说话者是朱高煦的长子朱瞻壑（hè）。

朱高煦哈哈一笑："儿子要是能解决，就用不着老子出马了！"

将军叫还真是虫如其名，一对翅膀长而有力，鸣叫起来清脆悦耳。

它摆动着两条触须，傲慢地问爱因斯坦："嘿，大脑袋，你叫什么名字呀？"

爱因斯坦才不想跟它废话，斗盆中的隔板一撤，它一个箭步蹦到将军叫身边，张开两只大颚就咬。

斗蟋比赛中有一项规则，两只蟋蟀较量一番后，鸣叫声音响者胜出。将军叫最擅长鸣叫，所以每次对决之前，它都要跟对手唠唠嗑、套套近乎。有时候，两只蟋蟀越聊越热乎，没准儿就不掐了。

"反正蟋蟀跟蟋蟀没有仇，何必为了让人类过瘾而自相残杀呢？你说是不是这个理，大兄弟？"

每当将军叫祭出这番高论，对方蟋蟀都会如梦方醒："对呀，老哥！天下蟋蟀是一家，咱哥们儿为什么要窝里斗呢？"

于是两只蟋蟀握手言和，在斗盆里象征性地转悠几圈，再仰天长啸鸣叫一番，一场友谊赛就算结束了。每次将军叫都因鸣叫声更加嘹亮而胜出。

可是，将军叫的宣传攻势今天不灵了。什么"天下蟋蟀是一家""蟋蟀跟蟋蟀没有仇"……任它喊破喉咙，爱因斯坦就是不搭茬儿。

两只蟋蟀很快扭打成一团，在斗盆里滚来滚去。将军叫从没遇到过这么凶狠的对手，它拼尽全力从爱因斯坦的脚下挣脱出来，绕着斗盆边沿没命狂奔。这时候它也顾不上叫了——叫太影响逃命速度。

爱因斯坦可不会轻易放过它，几个起落蹦到它身前，一口咬住将军叫的脑袋，左右一通狂甩。将军叫毫无还手之力，几番折腾下来，它肚皮朝天倒在斗盆中，一命呜呼。此时，爱因斯坦气定神闲地趴在盆里，两只半透明的翅膀忽闪几下，发出胜利宣言。

"太帅了！"悠悠、田田和小布丁忍不住鼓起掌来。

朱瞻基神色如常，淡然地啜了一口茶，一副云淡风轻的模样。

刚刚还志在必得的朱瞻壑，此时面如死灰，一句话也说不出来。

他老爹——不可一世的汉王朱高煦眯起眼睛，从后槽牙里挤出一句话："拿我的金翅王来！"

金翅王果然不同凡响，它通体黄褐色，脑袋扁圆，后腿健硕有力，两只长长的翅膀张开，在阳光的照射下金灿灿的，真是当之无愧的"金翅王"。

朱高煦亲自将金翅王放入斗盆中，并用一根蟋蟀草耐心地撩拨着金翅王的触须，希望它能快速进入战斗状态。

金翅王是久经沙场的战士，被草撩拨几下便兴奋起来。只见它触须挥舞，后腿蹬直，一对白森森的牙齿像小钳子一样伸出，金色的翅膀互相摩擦发出"曜曜曜"的鸣叫。

"你看人家多专业，逗得金翅王都嗨起来了！你也拿一根草意思意思！"悠悠捅了捅小布丁说。

小布丁觉得哥哥说得有理。她虽然不知道该怎么引逗蟋蟀，但表面功夫还是要做一做的，否则对不起她这个"养蟋圣手"的名头。

小布丁学着朱高煦的模样，拿着蟋蟀草，装模作样地撩拨爱因斯坦的触须。

刚逗了几下，爱因斯坦就抱怨道："我不用这个，你别烦我！"

小布丁撇撇嘴说："不识好人心！你看人家准备活动做得多充分，金翅王牙都龇出来了。"

爱因斯坦头一摆说："我不需要，我跟它们不一样！"

"有什么不一样？你这么骄傲自满，小心一会儿吃亏。金翅王看起来挺厉害！"小布丁用场外指导的口气说。

"它是挺厉害，但我并不担心，我担心的是那个朱高煦。一会儿金翅王输了，他可能会不利于我。"爱因斯坦说。

"怎么不利于你？"小布丁问。

"你别围过来看比赛，站在斗盆前方一米的位置。"爱因斯坦说。

"干什么？"小布丁不明白它的意思。

"别多问，关键时刻接住我就行！"爱因斯坦不容置疑地说。

小布丁还是不明白，但看它那副郑重其事的样子，只好乖乖按它说的位置站好。

一个老内侍将斗盆中的隔板撤走，比赛开始了。

两只蟋蟀静静地站在斗盆的两侧，互相打量，就像两位绝世武林高手过招之前的凝视。谁也不先出招，好像谁先动谁就露出了破绽。两只蟋蟀头对头，缓慢地移动着脚步，翅膀轻轻摩擦，发出并不高亢的鸣叫声。

"你气味儿不对。"金翅王的头几乎要贴到爱因斯坦头上，"你什么来路？"

"山东宁阳紫青。"爱因斯坦酷酷地答。

"我也来自山东宁阳，名乌金翅。我认识很多紫青蟋蟀，你不像……"金翅王打量着爱因斯坦。

"废话少说，出招吧！"爱因斯坦有些不耐烦，两只前腿缓缓伸了出去。这次它显得格外谨慎，没有贸然出招，先摆了个姿势。

金翅王也不再说话，缓缓伸出前腿，也摆了个姿势。两只蟋蟀都伸着前腿，缓缓移动着身体，现场的空气似乎都凝结了。围在斗盆边观战的人们不由得屏住呼吸，生怕打乱了这两位"武林高手"的节奏。

突然，金翅王以迅雷不及掩耳之势撞向爱因斯坦，两只蟋蟀瞬间扭打到一起，在斗盆里滚来滚去。它们一会儿白色的肚皮朝上，一会儿褐色的背甲朝上，翻来覆去，看得人眼花缭乱。

朱瞻基和朱高煦虽然都是养蟋蟀的行家，但也是头一次见到如此激烈的打斗场面。二人顾不上皇太孙和藩王的身份，从座位上站起凑到斗盆跟前，跟着两只蟋蟀打斗的节奏连连大叫：

"好！"

"漂亮！"

"咬它，咬它！"

悠悠和田田是外行，根本看不出谁占了上风，急得手心里都捏出汗来了。

他们招呼站得远远的小布丁："小布丁，快过来看呀！它俩到底谁厉害呀？"

小布丁凝神屏气，按照爱因斯坦的嘱咐站在斗盆前方一米的位置，根本不理他俩。

爱因斯坦一个神龙摆尾，将与它缠斗的金翅王甩了出去。悠悠、田田刚要叫好，只见金翅王一翻身又蹦了起来，似乎完全没受影响。爱因斯坦围着斗盆边沿急速旋转，金翅王在后面紧追不舍，两只蟋蟀一前一后兜起圈子来。

金翅王从后面扑了上来，两只虫又扭打到一起。打着打着，众人发现斗盆里有一条蟋蟀的大腿。哎哟，这条大腿到底是谁的呀？

大家凝神观看，片刻后，朱高煦欢呼起来："哈哈，小子！你宝贝蟋蟀的大腿被我的金翅王咬掉了！"

悠悠、田田定睛一瞧，爱因斯坦果然少了一条大腿。

他们暗自叫苦："大腿都被人家咬掉了，这架没法打了！"

可爱因斯坦的战斗力丝毫没有受到影响，仍顽强地与金翅王厮杀。

悠悠抬眼，见小布丁仍然远远地站着，似乎完全不关心战局，着急道："小布丁，你站那么远干吗？爱因斯坦大腿都让人家咬下来了！你快过来看呀！"

小布丁仍不为所动，坚守着自己的位置。

两只蟋蟀用牙齿死死咬住对方的头，最前面的两条腿飞快地出击。爱因斯坦大脑袋一甩，金翅王被压在它身下，两

只蟋蟀又翻滚起来。

翻着翻着，众人发现，一条小腿掉下来了，又掉下来一条，一只翅膀也脱落了……场面惨烈至极，但两只蟋蟀仍顽强地纠缠在一起，大家也不知道这些散落在斗盆中的残肢到底是谁的。

终于，金翅王仰面朝天倒在斗盆里。悠悠数了数，它身上的四条小腿掉了两条，翅膀也只剩下一片。爱因斯坦静静地趴在斗盆里，一动不动，就像一座雕像。

过了一会儿，它翅膀颤动了一下，"曜曜——曜曜——"发出胜利的鸣叫。

"哇呀呀！欺人太甚！"

悠悠等人还没来得及为爱因斯坦欢呼，朱高煦先嚷嚷起来。只见他头上青筋暴起，二目圆睁，飞起一脚踢向桌上的斗盆。

第八章　明朝的北海公园

"说时迟，那时快！汉王飞起一脚，将斗盆踢向空中。小布丁不慌不忙，双手一张，稳稳接住了斗盆。原来，她早料到汉王输了比赛会气急败坏。比赛全程，她一直站在斗盆左前一米的地方，准备营救咱们的冠军——爱因斯坦……"

回到皇太孙宫，全程见证斗蟋大赛的小内侍，不厌其烦地向宫女、内侍们讲述刚刚发生的一幕。

人群中屡屡发出"哦""啊"的惊叹声。小布丁在他口中，不仅是养蟋圣手，还是一位未卜先知、临危不乱的女侠。

悠悠第一次感到，有这么个妹妹，脸上十分有光。

他站在一旁，故作谦虚地说："嘿，这算什么？小意思！我妹妹厉害着呢！你们谁想要女侠签名，到我这儿排队啊！就签一百个，多了不签……"

田田和阿留在一旁捂着嘴，哧哧直笑。

小布丁俨然成为皇太孙宫中的传奇人物，她自己却远离这些喧嚣，一个人躲进了蟋蟀房。

"爱因斯坦，你疼吗？"小布丁看着缺了一条大腿的爱因斯坦，心如刀割。

"不疼。我的大腿，你帮我捡回来了吗？"爱因斯坦说。

"在这儿呢。"小布丁张开手，爱因斯坦掉下来的大腿赫然在内。

"收好它，会有人帮我安上的。"爱因斯坦说。

小布丁心里一阵酸楚。她听爸爸讲过，壁虎尾巴掉了，过阵子还会长出一条新尾巴；蚯蚓身体断了，会变成两条蚯蚓。难道蟋蟀也有再生功能，大腿折了，还能长出一条新大腿吗？

"谁能帮你把腿安上？"小布丁问。

"别问，到时候你自然会知道。"爱因斯坦说。

"腿断了还能安上？我怎么没听说过！"悠悠听了小布丁的话，将信将疑。

"大概是爱因斯坦怕你伤心，在安慰你吧！"田田拍了拍小布丁的肩膀。

"那它为什么还让我帮它保存断腿？"小布丁看着手心里的蟋蟀大腿，眼睛里满是泪水。

田田柔声说："小布丁，你别难过。蟋蟀本来就只有几个月的寿命，爱因斯坦得了冠军，已经实现了自己的人生价值……"

"蟋生价值！"悠悠插嘴道。

"去，别打岔！"田田白了他一眼。

阿留也安慰道："我会嘱咐蟋蟀房的内侍们，好好照顾爱因斯坦的，让它最后的日子过得舒舒服服的……"

听到"最后的日子"几个字，小布丁眼中的泪水决堤一般流了下来。

这时，朱瞻基兴高采烈地从门外走来。

作为皇太孙，他本来是不会屈尊来访悠悠等人居住的小跨院的，但今天的爱因斯坦赢得太漂亮、太解气、太给他长脸了，他想好好赏赐几位"养蟋圣手"。只要他们提出来，任何愿望他都能够满足，他有这个能力，因为他是无所不能的皇太孙。

"我想去紫禁城里玩玩。"小布丁一点儿不客气，大咧咧地说。

他们此行的目的就是为了看看六百年前的北京，连紫禁城都没去，怎么能算到过北京？

"紫禁城里特别无聊，就是院子套院子、房子套房子，没什么可看的。"朱瞻基的表情有些尴尬。北京城里任何地方他都能带他们去玩，唯独皇宫，他不能随随便便带人进去。

"我就是想去看看，行不行吧？"小布丁没好气地说。

"这……这还真有点儿费劲。"朱瞻基面露难色。

"还皇太孙呢？这么点儿小事都搞不定。"小布丁对悠悠说，"悠悠，咱们今天就回家，爱因斯坦弄成这样，我也不想玩了。"

悠悠、田田虽然意犹未尽，但小布丁提出要回家，他们也全力支持。他们再也不想看到小布丁伤心流泪了。

听小布丁提到爱因斯坦，朱瞻基心里一紧：那么帅的一只蟋蟀为帮自己赢得比赛成了残废，他也满心歉疚。他打心底里希望能够补偿小布丁，可带他们进紫禁城又实在有些为难。况且这几个小孩来路不明，万一在紫禁城里闹出什么乱子，他没法跟皇爷爷交代。

朱瞻基灵机一动，说："明天皇爷爷赐杨士奇、杨荣几位大臣游西苑，我把你们也塞进去怎么样？有专人全程陪同讲解，还能坐船、爬山，比紫禁城里好玩多了！"

"西苑是哪儿？"小布丁好奇地问。

"西苑是紫禁城西边新修的大园子。园子里有一大片湖水，水边有小山，还有许多奇花异草、亭台楼阁，可漂亮了！平日只有宫里的娘娘、皇子和皇孙们能进去玩。如果没有皇爷爷的恩准，连朝廷重臣也不能进呢！"朱瞻基说得眉飞色舞，活像一个推销旅游项目的销售员。

"紫禁城西边的皇家园林，还有山有水，那不就是北海吗？"田田小声对悠悠说。

悠悠问："我怎么没听说过北海还叫'西苑'呀？"

"问问不就知道了？"田田挤了挤眼，然后问朱瞻基，"皇太孙，你说的那一大片湖水是不是太液池呀？"

朱瞻基十分惊喜："对，对，就是太液池！京中的景致，你们在印度也听说过？"

田田和悠悠相视一笑，凑到小布丁耳边撺掇："去吧，他说的大园子就是明朝的北海公园。"

第二天一早，睡眼惺忪的悠悠、田田和小布丁，就被宫女、内侍们塞进了备好的马车里。

悠悠抱怨道："去趟北海又不用赶飞机，用得着起这么早吗？"

阿留说："辰时①，赐游西苑的大人们要在西华门集合，咱们可不能迟到。"

马车一路飞驰，绕过无数道红墙，穿过无数道官兵把守的门，终于来到紫禁城的西门——西华门。西华门的大小、外形跟东华门几乎一模一样。

几位身穿朝服、头戴乌纱帽的大臣已经等候在此，他们

---

① 古人把一天划分为十二个时辰，每个时辰相当于两小时。辰时指早上七点到九点。

兴奋地互相道贺："听说西苑宛如仙境，自金世宗时期就是皇家御园①，今天我等被赐游西苑，真是天大的福气呀！哈哈哈——"

悠悠在田田耳边小声嘀咕："明朝的大官也太没见过世面了，去趟北海就兴奋成这样，至于吗？"

田田笑道："你不懂，在明朝，这里是皇家园林，不是随便谁都能买票进来玩的。"

正说着，一位五十岁左右的大太监在一群小内侍的簇拥下缓步走来。只见他面如冠玉，目似朗星，温文尔雅，气度不凡。

"各位大人久等了，万岁爷特命咱家陪同各位游览西苑。"大太监拱手道。

"三保太监！没想到，今天您亲自陪同我们游览西苑，真是三生有幸呀！"众大臣见陪同者竟是郑和，都有些受宠若惊。

悠悠和田田更是喜出望外，大航海家郑和亲自当导游带他们游西苑，这面子可大了去了，回学校吹牛都没人信！

一行人跟着郑和出西上中门，西行百余步，进了西苑门，迎面便是一片碧波荡漾的大湖。湖边的金色芦苇随风摇摆，密密层层的荷叶铺满水面。此时，朝阳初升，水面上晨雾渐

---

① 金大定六年（1166 年），金世宗开始在北海修建太宁宫，从那时起，北海便一直是皇家园林。

渐消散，几只白色的水鸟贴着水面迅速飞过，宛如走入一幅山水画。

郑和像导游般解说道："这就是太液池，元代叫西海子，营建北京新都的时候改名太液池。大家随我往北走，西苑三海中，北海景色最好。"

郑和带着大家沿太液池东岸一路向北。

岸边青草如茵，花香袭人，榆树、柳树郁郁苍苍。小鸟在枝头歌唱，蝴蝶在花间飞舞，偶尔还有几只小兔子、梅花鹿从树林里蹿出，到处充满了野趣。与其说这是一座精心布置的皇家园林，不如说更像一处未经人工雕琢的自然景区。

小布丁一会儿扑蝴蝶，一会儿追松鼠，跑在队伍最前面，忙得不亦乐乎。

悠悠边追边喊："小布丁，慢点儿！你要是跑丢了，这里可没有广播找人！"

突然，树顶的枝丫晃动，两个小脑袋钻了出来——竟然是长颈鹿。长颈鹿优雅地踱出树林，长脖子轻轻摇摆，毫不费力地吃着树顶的枝叶。

小伙伴们还没来得及欢呼，那几位长胡子大官先惊叫起来："哎呀，妈呀！长颈怪物！"

他们一时间也顾不上朝廷大员的威仪，纷纷躲到郑和身后。

郑和哈哈一笑，说："各位大人不用怕，这是榜葛剌国①进献给万岁爷的麒麟。"

"麒麟？这不是长颈鹿吗？"小伙伴们纳闷儿。

游园大臣中有一人是永乐皇帝的女婿——驸马袁荣。

他指着自己的朝服问："这东西是麒麟？怎么跟我朝服上绣的麒麟一点儿都不像呀？"

明朝官服的前胸、后背都绣着一块圆形或方形的图案，被称为"补子"。有的补子绣的是飞鸟，有的补子绣的是瑞兽，驸马爷朝服上绣的是麒麟。

大家围过来一瞧，果然不同。袁荣朝服上的麒麟，龙头、鹿身、虎眼、牛尾，还长着一身龙鳞，最关键的是它的脖子一点儿也不长，跟长颈鹿差远了。

郑和说："我上一次下西洋途中，路过榜葛剌国。榜葛剌国国王向万岁爷进献了几只瑞兽，番名叫作'祖剌法'。船上一名见多识广的船员说，他在阿丹国②也见过这种动物，阿丹国人叫它'季瑞'。我一听，这不就是古人说的'麒麟'吗？它虽然脖子长了一些，但性情温驯，姿态优雅，与麒麟十分神似。万岁爷听说麒麟出世，龙颜大悦。此次迁都专门命人将几只麒麟从南京运到北京，饲养在西苑之中。"

---

① 榜葛剌国：今孟加拉国。
② 阿丹国：古国名，今阿拉伯半岛的也门附近。

游园大臣中最有学问的文渊阁大学士杨荣引经据典说："麒麟是上古的瑞兽，见过的人少之又少。瑞兽现身本朝是上天对万岁爷圣德的褒奖，这是大大的祥瑞啊！"

"祥瑞，祥瑞！大大的祥瑞！"

大臣们众口一词，歌功颂德起来。几名翰林出身的大才子甚至现场作诗，一连写了好几首《瑞应麒麟诗》。

老学究们一个劲儿地说"之乎者也"，小伙伴们一个字也没听懂。幸亏悠悠折了根长长的树枝，几个人轮流喂长颈鹿，才算没那么无聊。在动物园，他们可没机会这么近距离地接近长颈鹿。

悠悠边喂长颈鹿边问田田："长颈鹿真是麒麟吗？"

田田哧哧地笑道："世上哪有麒麟呀！它跟龙凤一样，都是古人想象的。"

"那他们怎么一口咬定长颈鹿就是麒麟呢？"悠悠不解。

"万岁爷喜欢，他们敢说不是？"田田说。

正在专心喂长颈鹿的阿留，听了这话"扑哧"一声笑了，笑完他觉得自己有些失态，警觉地看看四周，发现没人注意才放松下来。

这一幕逃不过田田的眼睛，她小声对阿留说："你不用那么谨小慎微，不会有人发现的！"

阿留尴尬地笑了笑："我们如果不小心谨慎，说不好哪天

就没命了。"

听了这话，田田心中一阵酸楚，一个问题涌上心头："阿留，你长得这样好看，人又聪明善良，你父母怎么忍心送你进宫当内侍呢？"

听了这话，阿留神色一下子黯淡下来，拿着树枝的手僵在半空。

田田见他这副神情，连忙抱歉道："对不起，我……不该问。"

阿留惨然一笑说："没关系，告诉你们也无妨。我是交趾①人。几年前，英国公②率军灭了安南的胡朝，皇上下令将安南改名交趾，纳入神州版图。班师回朝时，英国公在民间选了一些相貌清秀的交趾男童，净了身送入宫中充当内侍，我就是其中之一。我的大名叫阮安③，阿留是小名。"

"脚趾？你的家乡名字好怪呀！是脚趾头的脚趾吗？"悠悠问。

田田知道越南古称安南，估计"交趾"就是越南一带。怪不得阿留在什刹海旁边小树林里，叽里咕噜说了好多外国

---

① 明代时，越南分为北、南两部分，北部称安南，南部称占城。

② 英国公张辅是明朝初年名将，永乐初年，他随成国公朱能南征安南。永乐四年(1406年)接任主帅，次年灭亡安南的胡朝。大明宣布撤销安南王国，改称交趾承宣布政使司。

③ 阮安在永乐时已参与北京城营造，本书故事发生时阮安应是四十岁左右。作者为故事需要，将阮安的年龄缩小了。

话，原来他是"越南人"。

大臣们作完歌颂长颈鹿的诗，总算又能开始游园了。

郑和带着一行人继续向北走，通过种满芭蕉树的焦园，再穿过红墙上的一座小门——桑园门，一个圆形小岛出现在面前。小岛上有一圈灰砖砌成的圆形小城堡。

田田觉得这小城堡十分眼熟，好像在哪儿见过。

只听郑和说："北海到了。"

"北海到了！白塔在哪儿呢？"小伙伴们东张西望，可是哪里都没有北海白塔的踪影。没有白塔叫什么北海？小伙伴们心中充满疑问，可是他们又不敢直接问郑和，万一言多语失露馅儿可就麻烦了。

郑和带大伙儿登上圆形的小城堡，边走边介绍道："这圆坻^①上原来有座元代建筑，名为仪天殿。前几年万岁爷将它加固改建，改为承光殿，然后又在殿外加筑了一圈小城墙才有了今天的规模。承光殿前的这株古桧树，相传是金代种植，距今已经有两百多年的历史了！"

大臣们围着老桧树啧啧称奇，悠悠和田田趁机躲在一个犄角旮旯儿，研究他们带来的《北京地图》。

悠悠一只手举着地图，一只手指向对面一座面积较大的

---

① 坻：多音字，读 dǐ 时指山坡、地名，读 chí 时指水中的小洲或高地，也指宫殿的台基或台阶。在此应读 chí。

岛屿，对田田说："我高度怀疑，这座岛就是北海的琼华岛，咱们所在的这个小圆岛是团城。"

"问题是琼华岛上怎么没有白塔呀？"田田看着没有白塔的琼华岛，都快凌乱了。

悠悠挠挠头说："我也觉得有些意外。实在不行，咱们问郑和去。"

"问什么郑和呀？问 Siri 不就知道了？"小布丁手拿 iPad，胸有成竹地踱到他们面前。

悠悠本来想说，明朝没网络，你的 Siri 用不了呀。可他想起前一天，小布丁成功用 Siri 查了生词，便将那句话生生咽了回去。现在，小布丁 iPad 里那个古怪的 Siri 做出什么惊人的回答，他都不会感到吃惊——不过，这 Siri 到底是何方神圣？

小布丁一按 iPad 开关，屏幕上出现一条亮线。

她问："Siri，对面这个岛是不是北海的琼华岛呀？"

"是！这是我找到的内容。"Siri 干脆地回答，屏幕上出现一段文字，"琼华岛，位于北海太液池南部。金代名琼华岛，元代改名万岁山。清顺治八年（1651 年）于山顶建白塔，始称白塔山。"

"原来北海白塔是清朝才建的呀！"悠悠和田田一直以为白塔自古便立在琼华岛上呢。

他们接着问 Siri："我们现在所在的这个小圆岛是团城吗？"

Siri 说："是！金元时期，团城是太液池中的一个小岛，明初岛上修筑城墙。后来，人们又将团城东南两边的水面填为平地，使团城与陆地相连。"

"Siri，你到底是什么？为什么没有网络还能说话？"悠悠实在按捺不住心中的好奇，单刀直入质问 Siri。

"哼，要你多管闲事！"Siri 一改往日平和的语气，像个发脾气的女生一样没好气地说。

"哎哟，Siri 怎么活啦？"悠悠和田田大惊失色。

小布丁一把夺过 iPad，快手快脚地塞进书包。

"小布丁，怎么回事？你的 Siri 为什么会说人话呀？"悠悠问。

"你早就知道，对不对？"田田追问。

"我……我也不知道是怎么回事……偶尔她就会冒出这么一句。"小布丁尴尬地说。

小布丁居然藏着这么大的一个秘密！

悠悠觉得太不可思议了。这哪像那个没心没肺、心里存不住话的小布丁呀！想到唯有她能听懂动物说话，唯有她能带领他们穿越时空，悠悠觉得小布丁肯定还有更大的秘密瞒着他们。

他刚要继续追问，只见阿留跑过来说："快跟上，大人们要去琼华岛了。"

此时，琼华岛山顶上没有白塔，而是一座元代遗留下来的建筑——广寒殿。站在广寒殿上极目远眺，太液秋波尽收眼底。南边是红墙黄瓦、连绵不绝的紫禁城，西边是青黛色的西山，北边是什刹海和钟鼓楼，东边不远是万岁山，清朝改名景山。

几位大臣饱览京城美景，诗兴大发，争先恐后地作起诗来。阿留等几个伺候在旁的小内侍连忙摆好笔墨纸砚，将这些游园诗一一记录下来。

诗人们妙语连珠，一首接着一首，小伙伴们却听得十分气闷。田田向悠悠使了个眼色，二人一左一右架起小布丁，决定找个没人的地方好好审审这个小丫头。

他们绕到广寒殿后，发现这里泉水泠泠，别有洞天，假山中竟藏着一个露天温泉浴池。两股泉水从假山上的龙头里涌出，落入浴池，溅起无数水花。浴池中的热水冒着白色的蒸汽，云烟氤氲，宛如仙境。

北海里居然还有个露天温泉浴池？小伙伴们惊讶得张大嘴巴。他们来北海没有三十次也有二十次，从没发现这里有个浴池。

这时，悠悠和田田顾不上审问小布丁了，三人激动地跑到浴池边，二话不说脱了鞋袜，坐在池边"哗啦——哗啦"

地打起水来。

"谁呀？这么讨厌！瞧瞧溅我这一脸水！"一个大脑袋从浴池里钻出，不满意地看着悠悠三人。

没想到浴池里有人，小伙伴们吓了一大跳。

他们正要赔礼道歉，发现竟是在朝前市听评书时遇到的那个"丑丈夫"！

他怎么跑到皇家禁地泡温泉来了？难道他也是永乐皇帝御赐游园的朝廷重臣？

"我用得着他御赐吗？北京城里的好地方，我想去哪儿便去哪儿！""丑丈夫"双眼一翻，一副牛气冲天的模样。

悠悠和田田心想，连朱瞻基都不敢说"北京城里想去哪儿便去哪儿"，他怎么那么大口气？这人到底什么来头？

第九章 "八臂哪吒"下凡啦!

"我什么来头你们不要管,你们什么来头我心知肚明!""丑丈夫"得意扬扬地瞄着悠悠三人。

"你……你这话什么意思?我们有什么来头?"悠悠和田田大吃一惊,这人好像会读心术,想什么他竟然都知道!打第一次见面,他就话里有话地暗示,自己知道他们穿越的秘密。他到底是什么人呢?

小布丁没那么多心眼儿,听"丑丈夫"说自己"北京城里想去哪儿便去哪儿",忙凑上前去问:"那你能带我们去紫禁城里玩吗?"

"丑丈夫"嘿嘿一笑:"这有什么难的?我就在紫禁城里上班。不过,紫禁城里除了墙就是房子,没什么好玩的。还是外面的花花世界有意思!"

"你在紫禁城里上班?你也是内侍吗?"悠悠好奇地问。

"呸呸呸！我怎么会是内侍呢？""丑丈夫"啐道。

"那……你是大官？"田田问。

"我比他们厉害多了！""丑丈夫"得意地看着几个小朋友。

"你比大官还厉害，难道你是皇帝？"小布丁脱口而出。

"哈哈哈，别猜了，想破脑袋你们也猜不出。""丑丈夫"恶作剧似的大笑。

小布丁见他戏弄自己，不由得怒从心头起，一把揪住他额头上的肉瘤，厉声说："你敢拿我们寻开心！信不信我把你这个难看的肉瘤揪下来！"

"丑丈夫"好像被小布丁戳中了死穴，浑身酸软动弹不得，疼得眼泪都快流出来了。

他一边"哎哟"，一边求饶："别揪了！我认输，我不对！松手，快松手！"

小布丁反而捏得更紧了："让我松手也可以，你得答应带我们去紫禁城！"

"答应，答应！只要你松手，我什么都答应！""丑丈夫"疼得五官挪位，比刚才更丑了。

悠悠和田田连忙说："小布丁，你松手吧！万一把他那肉瘤揪下来，多恶心呀！"

小布丁脑补了一下手里捏着个肉瘤的感觉，不由得一阵反胃，赶紧松开手。

"丑丈夫"双手捂住额头上被捏肿了的肉瘤，就像个受气的小朋友似的，一脸委屈。

小布丁才不会被他的可怜相蒙蔽呢！她厉声命令道："快起来穿好衣服，现在就带我们去紫禁城。"

"现在？""丑丈夫"看了看手腕上的电子表说，"现在可不行，我还要去朝前市听评书呢！上次说书先生说：'欲知后事如何，请听下回分解。'今天要是不去，就不知道大结局了！我最讨厌故事只讲一半，弄得人心神不宁。"

一个明朝人居然戴着手表，太离谱了！他到底是何方神圣？悠悠和田田紧张地对视了一下，一句话也不敢说。

小布丁愣头愣脑，根本没发现有什么不对劲儿。她听"丑丈夫"提到评书，想起那天听的《八臂哪吒城》还有一半没讲完呢。反正紫禁城没长腿，跑不了，什么时候去都行，评书要是不听，可就"过这村没这店"了。

"好吧，那咱们先去听评书！"小布丁一声令下，"丑丈夫"从温泉浴池跳出来，冲进更衣室旋风般地换好衣服，然后带着小伙伴们登上自己停在陟山门①外的马车。

马车驶入紫禁城西墙外的夹道，穿过无数小门和关卡，一路向南。

小伙伴们早上乘坐皇太孙的马车横穿皇城，经过了无数

---

① 陟山门：靠近北海东边的门，明朝嘉靖时期上圖。

关卡，验证了无数次腰牌，可"丑丈夫"的马车如入无人之境，站岗的御林军好像根本没看见他们，没有一个人阻拦过问。不到半个小时，马车已经来到了大明门外的朝前市。

上次说书先生撂地说书的地方冷冷清清，他竟然没出摊儿。

"丑丈夫"举起手表，用手指点了一下，屏幕亮了。

他对着屏幕叫了一声："狻猊。"

手表上出现电话呼出的图案。

小布丁凑上去说："嚯！你也有手表电话？我也有一个，可惜悠悠不让我带来，说会吓到明朝人。我那个是粉色的，比你这个好看多了。"

"丑丈夫"没理她，专心打电话，手表响了几声后便接通了："喂！狻猊，你们哥儿几个在哪儿呢？说书先生今天怎么没来呀？"

电话那头说："老爸，你往丽正门外走，这边有好几排新盖的廊房，我们在廊房头条五号悦来茶馆。说书先生今天上这儿来了！"

"嘿！临时换地儿也不打招呼。让他等着不许开场，我们马上就到！"

挂了电话，"丑丈夫"向小伙伴们一努嘴说："走着！"

悠悠和田田惊得下巴都要掉了，这人不但有手表，而且

手表还能打电话!

到底什么情况?

不一会儿,几人来到廊房头条五号悦来茶馆。

茶馆显然刚开张,门口招牌上披红挂彩,喜气洋洋。

茶博士 ^① 老远就热情地招呼:"几位客官,里边儿请——"

茶馆大厅有四间教室那么大,最里面是个小舞台,舞台上摆着一张书案,说书先生端坐书案后面。台下人声鼎沸,座无虚席。

他们刚进门,一个烫着卷花头、手里捧着个香炉的年轻人就跑上来:"老爸,这边这边,我们哥儿几个都给您占好位子了!"

他边说边把鼻子凑到香炉上,猛吸了几口。

悠悠三人心想,见过抽烟卷、抽雪茄、抽旱烟袋的,没见过捧着个香炉使劲儿闻的。

这时,坐在离舞台最近一张方桌旁的七八个人,热情地跟他们打招呼。

有的说:"龙大爷,您才来呀!"

有的说:"龙哥,您这边坐,这边听得真。"

一位细眉细眼、雍容华贵的妇人娇嗔道:"你再不来,我们就不等你了。让先生讲,听不着活该!"

---

① 茶博士:古代对茶店伙计的雅称。

悠悠、田田一瞧，这不是"丑丈夫"的夫人吗？今天她换了一身翠绿色衣裙，显得更加美丽动人了。不过，在座的另外七人，长相就不敢恭维了。有的长着大奔儿头，有的长着长长的马脸，还有好几个额头上也长着肉瘤，只不过有人长着一个，有人长着两个。真是没有最丑，只有更丑！回头再看看"丑丈夫"，似乎还是当中最标致的一个。

只听台上醒木一响，评书开始了。

"上回说到大军师刘伯温、二军师姚广孝奉万岁爷之命设计北京城。二人一个住东城，一个住西城，约定十天以后见面，背对背画城图，一较高下。

"开始两天，两位军师都没出门，可是他们老听见有人说：'照着我画不就成了吗？'这声音奶声奶气，像个小孩儿。二人各自在屋里、院子里找了半天，没看见有小孩儿。照着谁画呢？他俩十分纳闷儿。

"第三天，两位军师决定出门勘察地形。他们一个在东城，一个在西城，天不亮就考察起来。刘伯温上街看见一个身穿红袄、脚踩风火轮的小孩儿在前面跑。刘伯温走得快，那孩子也走得快；刘伯温走得慢，那孩子也走得慢。起初，刘伯温也没觉得特别，后来他有些疑心，故意停住脚步。结果那小孩儿也站住脚。刘伯温琢磨不透，这个小孩儿是干什么的？与此同时，耳朵里又听见那句话：'照着我画不就成了吗？'

"姚广孝在西城也碰上一个身穿红袄、脚踩风火轮的小孩儿，也听见那孩子说：'照着我画不就成了吗？'

"回家以后，他俩各自坐在房间里琢磨，到底是怎么回事呢？突然，二人恍然大悟，那个身穿红袄、脚踩风火轮的小孩儿，不就是哪吒吗？

"刘伯温不敢相信，姚广孝心里也犯嘀咕。那小孩儿到底是不是哪吒？他俩决定，第二天带着随从上街，让大家都帮忙瞧一瞧。

"天亮以后，刘伯温、姚广孝各自带着随从又上街了。那孩子果然现身了。这回他穿的红袄像一件荷叶边的披肩，肩膀两边还镶着软绸子边。风一吹，软绸子随风飞舞，活像长了好几条胳膊似的。两位军师一瞧，他肯定就是八臂哪吒，错不了！于是命令手底下人：赶紧给我追呀！大家在大街上你追我赶。八臂哪吒脚踩风火轮，行走如飞，谁也追不上，不一会儿就没影了。只留下一句话：'照着我画不就成了！'

"刘伯温回到他的东城公馆，心想：'照着我画'是让他照着八臂哪吒的模样画城图啊！那样才能镇得住苦海幽州的孽龙！姚广孝回到他的西城公馆，也悟出了八臂哪吒的意思。如何设计北京城，二人都有了主意。

"第十天正午，两位军师在城中一个大空场摆下两张桌子、两把椅子。刘伯温面朝东，姚广孝面朝西，先后落了座。随从摆好笔墨纸砚，两位军师'嗖嗖'画了起来。太阳刚往西一转，二人的城图就都画完了。姚广孝拿起大军师画的城图，刘伯温拿起二军师画的城图，他俩相视哈哈大笑。原来两张城图一模一样，画的都是'八臂哪吒城'。

"姚二军师请刘大军师解释，怎么叫'哪吒城'啊？刘伯温指着城图说：'这正南中间的一座门叫丽正门，是哪吒的脑袋。丽正门里有两眼井是哪吒的眼睛；丽正门东边的文明门 ①、东便门 ②、齐化门 ③、东直门是哪吒这半边身子的四条胳膊；丽正门西边的顺承门 ④、西便门、平则门 ⑤、西直门，是哪吒那半边身子的四条胳膊；北边两座城门安定门、德胜门，是哪吒的两只脚。

"姚广孝说：'哪吒没有五脏，空有八臂行吗？'刘伯温说：'没五脏叫什么哪吒呀！'说着一指城图：'老弟你看，那城

①元代称崇文门为文明门，俗称"哈德门"，明永乐年间仍沿用前称。明正统年间加筑瓮城，改称崇文门。
②东便门是北京外城东边的一座小城门。明永乐年间初建北京城时，并没有东便门和西便门。明朝嘉靖四十三年（1564年），为防御蒙古骑兵骚扰，修筑了北京外城，才修建了东便门和西便门。本书故事发生时，北京并没有东便门、西便门，为了叙述方便借用。
③朝阳门，元代称齐化门，明永乐年间初建北京城时仍保留旧名。明正统年间大修北京城墙城门，改称朝阳门。
④宣武门，元代称顺承门，明永乐年间初建北京城时仍保留旧名。明正统年间大修北京城墙城门，改称宣武门。
⑤阜成门，元代称平则门，明永乐年间初建北京城时仍保留旧名。明正统年间大修北京城墙城门，改称阜成门。

里四方形的是‘皇城’，皇城是哪吒的五脏，皇城的正门——承天门是五脏口。从五脏口到哪吒的脑袋丽正门，中间这条长长的平道是哪吒的食道。’

“姚广孝笑了：‘大军师，我知道您画得挺细致，五脏两边的两条南北大道，是哪吒的大肋骨，大肋骨上长着的小肋骨，就是小胡同了，是不是？’

“刘伯温被姚广孝逗得急不得、恼不得，反正‘八臂哪吒城’是画出来了。大军师刘伯温没抢到头功，二军师姚广孝也没抢到头功。刘伯温不怎么在意，姚广孝却越想越难过，就出家当了和尚。欲知刘伯温怎么营建北京城，且听下回分解……”①

说书先生讲到这里，茶馆最后面的听众突然出现一阵骚动。

只听有人喊：“哎呀，妈呀！哪吒真来啦……”

大家回头一看，只见一个身穿红色衣裙、头上梳着两个小鬆髻、脚踩“风火轮”的小小身影，飞一般地围着茶馆打起转来。

茶馆里听评书的客人惊慌失措，四散奔逃，说书先生也吓得钻到桌子底下去了。

光天化日，哪吒下凡！真有这种怪事？悠悠和田田不敢相信自己的眼睛。他们隐约觉得“哪吒”的背影十分眼熟。

---

① 这个故事取自北京建城传说《八臂哪吒城》。

当"哪吒"转到面前露出真容，二人差点儿气得背过气去，异口同声喊道："小布丁！你什么时候把轮滑鞋换上了？你这是要吓死人不偿命呀！"

穿越前，小布丁坚持要带上自己的轮滑鞋，可是一连几天，她都没找到滑轮滑的机会。今天，她听说书先生左一个"身穿红袄、脚踩风火轮"，右一个"身穿红袄、脚踩风火轮"，心想自己正好也穿了一身红色衣裙，何不冒充一把哪吒过过瘾？于是，她趁大家全神贯注听评书，偷偷拎起悠悠寸步不离身的小背包，溜到一个没人注意的角落里，换上了轮滑鞋。

"哈哈哈——这小姑娘太有创意了！我喜欢！""丑丈夫"一家人笑得前仰后合。

他夫人边笑边说："要是哪吒知道一个小姑娘假冒他，非把鼻子气歪了不可！"

"丑丈夫"说："那还等什么？咱们赶紧告诉他去！"

一听这话，坐在他身边的"大奔儿头""大马脸"和"肉瘤"们都欢呼起来。一行人嘻嘻哈哈往外走，看这意思是要去找哪吒。

悠悠三人你看看我、我看看你，心想，这帮人不知道是疯还是傻，难道他们真以为世上有哪吒？

一行人刚要跨出茶馆，一个嘶哑的声音从背后响起："且慢！"

那声音虽然不高，但带着一种不容置疑的威慑力。大家听了心中不禁一凛，回头一瞧，一个头戴斗笠、身穿破旧长袍、脚踩破草鞋的落魄中年人走上前来。

他"哗啦"一抖手中铜钵，说道："客官请了！"

"丑丈夫"脸上的笑容僵住了，颤声说："怎……怎么又是你？你怎么还在这儿？"

"听书给钱，天经地义。"

"丑丈夫"手忙脚乱地从怀中掏出一块银锭扔到铜钵中，飞也似的逃出茶馆说："不用找钱啦！"

小布丁追出去，朝着他远去的背影喊："嘿，你叫什么名字呀？"

此时，他们已无影无踪，一个遥远的声音从天际传来："就叫我龙叔吧！"

第十章　我才是真哪吒

悠悠、田田和小布丁回到皇太孙宫时，太阳已经偏西了。

阿留火急火燎地跑过来，埋怨道："小祖宗们！你们跑到哪儿去了，害得我在北海里一通好找！皇太孙要是知道我把你们弄丢了，非要了我的命不可！"

悠悠三人没提遇到"龙叔"的事，只一个劲儿地向阿留赔不是，说他们在北海里玩得太开心了，忘了时间，也忘了吃饭，现在还饿着肚子呢！

阿留将三人带回小院，安排小厨房给他们每人煮了一碗馄饨。

悠悠边吃馄饨边感慨："馄饨虽然好吃，毕竟不如御赐的大餐呀！阿留，你们中午都吃什么好吃的了？"

"御赐宴席上，好吃的可多了，有蒸羊羔、蒸熊掌、蒸鹿尾儿、烧花鸭、烧雏鸡、烧子鹅、卤煮咸鸭、酱鸡、腊肉、松花小肚儿……"阿留跟个相声演员似的报起菜名来，逗得小伙伴们哈哈大笑。

最后他说："这些啊，都没吃着！"

三人问："怎么回事呀？"

阿留抱怨道："我光顾着担心你们了，哪儿吃得下呀？不过，席间我听到一个秘闻。"

"什么秘闻？"悠悠三人放下碗围过来。

阿留故作深沉地说："做内侍最忌嘴不严，我可不能说。"

嘿，他还卖起关子来了。悠悠和田田交换了一下眼神，一左一右将阿留按倒在床，使出独门秘籍"胳肢功"。

阿留似乎比别人痒痒肉更多一些，刚一上手就被二人胳肢得上气不接下气，一个劲儿地告饶："饶命，饶命！我告诉你们就是。"

悠悠和田田停了手说："早说不就得了！"

阿留坐起来整理了一下衣冠，神神秘秘地说："三保太监今年还要下西洋，这是第六次了。你们猜，万岁爷为什么派他一次一次、兴师动众地下西洋？"

小布丁说："万岁爷还想要麒麟？"

田田说："为了扬我国威吧？"

悠悠说："我看是为了跟西洋各国做买卖。"

阿留摇摇头说："都不是！今天席间，杨士奇大人问到此事时说:'那人还没有找到?'三保太监苦笑着摇了摇头。驸马袁荣说:'都这么多年了,万岁爷还不放心?那人估计早就化成灰了。'杨荣大人说:'也不能怪万岁爷疑心重。有传言说,去年有人在云南见过那人。'成国公说:'前年还有人说在江苏见过那人呢。胡濙(yíng)老弟都在民间秘密寻访十几年了,始终没有下落。我看这事儿也该告一段落了。'

"杨士奇对三保太监说:'您找机会劝劝万岁爷,既然找不到就放下吧。迁都、营建紫禁城花费巨大,百姓已经不堪重负。再这么一次一次地下西洋,国库吃不消啊。'三保太监说:'各位大人的担忧咱家都明白,但是万岁爷决定的事儿怕是谁说也没用呀。俗话说,活要见人,死要见尸。我看只有找到那人的确切下落,万岁爷的心病才能好。'

"三保太监说完,大家都不说话了,各自低头喝闷酒。饭后本来还要游览太液池西岸,可是大家兴致不高,游园就草草收场了。"

"他们说的'那人'是谁?"

"万岁爷为什么要找他?"

"胡濙是谁?他在民间秘密寻访什么?"

小伙伴们连珠炮般问道。

阿留来到窗前向外张望了一下,确定左右无人才关好门窗，压低嗓子说："那人就是'朱允炆①'。"

"哇！这……这'瓜'也太大了！"田田惊讶得张大了嘴巴，半天合不上。

悠悠和小布丁不明就里，问："朱允炆是谁呀？"

田田说："朱允炆就是建文帝，永乐皇帝朱棣的侄子。明太祖朱元璋——也就是朱棣的老爸，没将皇位传给朱棣，而是传给了建文帝朱允炆。朱棣不服气，率军杀到南京，把建文帝推翻了。大军杀到南京皇宫时，宫中着起大火，但是大家没有找到建文帝的尸体。从此，他就不知所终，人间蒸发啦！"

悠悠和小布丁听完，惊叹道："哇，太精彩了，跟悬疑片似的！这都是真的吗？不是你瞎编的吧？"

阿留说："是真的！没想到田田知道得比我还细。有人说，朱允炆被烧死了；有人说，他从皇宫密道逃出宫去，出家当了和尚；还有人说，他坐船漂洋到了海外。"

田田恍然大悟："所以万岁爷才一次次地派郑和下西洋，原来是为了找建文帝！那么，刚才你说的胡濙又是谁？"

阿留说："也不能光在海外找，万一朱允炆没出海呢？所以万岁爷一直派胡濙大人乔装打扮在民间秘密寻访。"

---

① 永乐皇帝朱棣登基后，明代官方不再有"建文帝"之称。所以，故事中的阿留直接称呼建文帝为朱允炆。

"找到了吗？"三人异口同声问。

"一会儿说在云南，一会儿说在江苏，消息满天飞，就是没一个能坐实的。"阿留说。

"万岁爷都当皇帝十几年了，还怕建文帝会起兵造反吗？为什么非找他不可呀？"悠悠问。

田田说："做了亏心事，心里不踏实呗！"

阿留做出一个嗫声的手势，压低嗓音说："今天咱们说得太多了！记住，这些话千万不要到外面去说，要不然咱们小命就没了。天不早了，你们赶紧睡觉吧！"

说完，他神色慌张地走了。

小伙伴们见阿留一副张皇失措的模样，也莫名地紧张起来，好像一不小心知道了别人内心中最见不得人的隐痛。

睡觉，睡觉，睡醒以后就当什么事也没发生过！

三人吹灭了蜡烛，钻进被窝睡觉去了。

"醒醒，醒醒。"半夜，小布丁觉得有人使劲儿摇自己的胳膊。

"刚几点呀？天还没亮呢！"她不耐烦地将那只手扒拉开，一翻身又睡了。

"醒醒，醒醒，别睡啦！"那声音不耐烦地说。

小布丁气不打一处来，心想，谁大半夜不睡觉，也不让别人睡？一定要教训教训他！当她从被窝里爬起来时，被眼前的景象吓呆了。

面前这人身穿红肚兜，颈戴乾坤圈，八只手拿着不同的法宝，火红的混天绫在身后飘舞，脚下风火轮的火焰熊熊燃烧，映红了整个房间。

"哪……哪……哪吒真来啦！"小布丁浑身酸软，瘫坐在地。

悠悠和田田被小布丁一嗓子喊醒了。二人瞧着眼前这个活生生的八臂哪吒，不知道是做梦，还是真的。

见三人呆呆地不说话，哪吒先开腔了："你们仨，白天谁假扮我来着？"

哪吒话音未落，悠悠和田田齐刷刷地用手指向小布丁。

太没义气啦，还没经受严刑拷打就把妹妹供出去了！

小布丁一咧嘴，"哇"的一声哭起来，声音直冲云霄，惊天地、泣鬼神。这正是她从老妈那里继承来的独门秘诀——狮吼功。

哪吒只觉得天旋地转，眼前发黑，身子一歪，从风火轮上掉下来，摔了个大屁股蹲儿，八只手里拿的法器叮叮当当掉了一地。

小布丁见他那副狼狈相，"扑哧"一声又笑了。

风火轮一倒，房间里顿时一片漆黑。

只听哪吒焦急地说:"我的金砖呢?火枣哪儿去了?哎哟,火尖枪的枪头也掉了!快点儿上灯帮我找找,要是丢了,我老爸非杀了我不可!"

悠悠和田田连忙点燃蜡烛,只见哪吒正撅着屁股满屋子找他的宝贝呢。

火尖枪的枪头扎在地板上,金砖滚到了桌子下面,可红枣大小的"火枣"怎么也找不着。烛光忽明忽暗、影影绰绰,只能照亮很小的范围。三个小伙伴和哪吒趴在地上找了半天,也没看见火枣的影子。

"一定是滚到床底下去了!"悠悠犹豫了一下,从小背包里掏出手电筒,打开开关钻到床底下。

不一会儿,他满脸是灰地从床底下钻出来,手里托着一颗泛着红色荧光的枣子问:"是这个吗?"

"是,是,是!"哪吒赶紧用左边第三只手接过枣子,紧紧攥在手心里,"幸亏你带了手电筒,把它找回来了。这小东西要是丢了,我老爸和我师父都饶不了我。"

"你还知道手电筒,看见我用手电筒也不觉得惊讶?"悠悠觉得不可思议。

"切!一个破手电筒谁没见过?有什么可惊讶的?"哪吒不屑一顾地说。

"这么说,你是真哪吒,是神仙?"三个小伙伴将哪吒团团围住，热切地看着他。

"那还有假？不像你这个冒牌货。谁让你假扮我，出来吓人的？"哪吒不满意地看着小布丁。

小布丁嗫嚅道："我不是故意的，就是听评书里说你脚踩风火轮，觉得特别神气，也想学一学。"

"什么破风火轮，特别不好使！一不小心就会摔倒，有时候还会烧到脚丫子呢！你们看，上个月刚烧了个大泡，现在还没好。"

哪吒举起左脚，脚后跟果然有一块粉红色的新伤。

"你既然不喜欢风火轮，就跟你老爸说，换一个交通工具嘛。"小布丁说。

"嘿！我老爸能听我的才怪。"提起老爸，哪吒一脸郁闷。

小伙伴们觉得纳闷儿，刚上映的动画片《哪吒》可不是这么演的呀。动画片里，哪吒的老爸——陈塘关总兵李靖可深情了。面对顽皮的儿子，他给予了最大的包容和爱，就算全镇人的矛头都对准儿子，他也选择相信儿子，堪称"中国好老爸"。

"打住，打住！你们说的这是我老爸吗，胡编吧？"哪吒打断他们的话。

"怎么是胡编呢？《哪吒》那电影就这么演的，我们都去看了！电影里，你还说了一个金句'我命由我不由天'！"

小布丁打开 iPad，找到电影《哪吒》的视频塞到哪吒手中。

哪吒捧着 iPad 坐在地板上，津津有味地看了起来。小布丁 iPad 里的《哪吒》只是个片段，刚演五分钟就没了。

哪吒意犹未尽，问："怎么这么短，哪儿能看到完整版呀？"

悠悠和田田听他还知道什么叫"完整版"，笑得前仰后合："你到底是不是神仙呀？你也是从二十一世纪穿越过来的吧？"

哪吒不屑地说："你们这些凡人思维固化。我们神仙生活在多维空间，天上地下，上下五千年，想去哪儿就去哪儿。什么二十一世纪、大明朝，对我们来说都是弹指一挥间的小事。"

小伙伴们觉得，当神仙真的好酷呀！

"多维空间"？他们好像在哪儿听过。对了，蟋蟀爱因斯坦曾经说过，难道它是只神仙蟋蟀？

三个小伙伴刚想多问几句，忽听哪吒深深地叹了口气："唉，我老爸要是像电影里演的那样就好了！"

"你老爸对你要求很严格吗？"田田问。

"他是不是整天逼着你学习呀？其实，大家都一样，我也有好几个课外班。小布丁这么小，也有美术、舞蹈、英语三个课外班呢！"悠悠开导他。

哪吒八条胳膊一起挥舞着说："才三个？你们看看我要学

多少东西？"

他第一双手抖动火尖枪："火尖枪枪法入门。"第二双手挥舞阴阳双剑："阴阳双剑基础。"左边第三只手捏着火枣："火枣暗器初阶。"右边第三只手一拽混天绫："混天绫预备级。"左边第四只手挥挥乾坤圈："乾坤圈十八法。"右边第四只手掂了掂金砖："金砖投掷秘籍。"

"这些还不算！"哪吒又狠狠地踢了一下倒在地上的风火轮，"他还给我报了下个月的风火轮大赛！"

说完，哪吒瘫坐在墙角，把脸深深地埋在自己的臂弯里，显得又沮丧、又挫败。

悠悠三人看着哪吒，不知该说什么好。他们太理解哪吒的感受了，因为他们自己的业余时间也被无数课外班填满了。除了田田这种学霸对课外班乐此不疲，悠悠、小布丁，还有数不清的小学渣都不胜其烦。没想到，连神仙也逃不过课外班的困扰。

"也许，你该跟你老爸谈谈。"悠悠坐在哪吒身边，拍了拍他的肩膀，"上学期我妈非让我把围棋课停了，改学奥数。我怎么抵抗，她都不同意。后来我给她写了一封信，放到她的枕头上，告诉她我多么喜欢下棋。第二天，她就同意让我继续学围棋了。"

"你还会写信？看不出来呀！"田田有些惊讶。

悠悠白了她一眼，继续对哪吒说："你有没有跟你老爸沟通过呀？"

哪吒摇摇头说："没有，我不想跟他说话。他见了我没别的，三句话不离学习：你火尖枪练得怎么样了？阴阳双剑怎么还是基础级呀？火枣你一秒钟能发射几枚？你大哥金吒在你这个年纪已经能秒发五百枚了！你二哥木吒像你这么大，乾坤圈十八法早学完了……"

悠悠深有同感，他最恨爸爸妈妈拿他跟别人比。别人再优秀，也是别人家的孩子，只有他才是他们的儿子呀！悠悠搂住哪吒的肩膀，两个人就那么肩并肩坐着，半天谁也没有说话。

过了一会儿，哪吒的心情似乎好多了，微笑着说："谢谢你们！以前，我从来没跟别人说过这些，说出来心里痛快多了。你们说得对，我应该跟老爸谈谈，实在不行就给他写封信。我相信他会明白的。我就是我，哪吒！我不是金吒，也不是木吒。"

小伙伴们见哪吒想通了，心里说不出的高兴。没想到还能帮神仙解决烦恼，他们感到无比自豪。

此时，天边露出鱼肚白，鸟儿跳上枝头，叽叽喳喳地唱起歌来。新的一天开始了，哪吒也要跟他们告别了。

临别时，他不好意思地对小布丁说："你那个轮滑鞋能送给我吗？风火轮太难操作了，我想穿着轮滑鞋去参加比赛。"

小布丁从背包里掏出轮滑鞋，塞到哪吒手中说："送给你！不过我这双轮滑鞋是小号的，你穿得上吗？"

哪吒说："这有何难？我可是神仙。"

说完，他一打响指说："大！大！"

轮滑鞋果然一点点变大了。

哪吒穿上轮滑鞋，在院子里滑了几圈，果然又快又稳。

他向小布丁抱拳，说："多谢了！以后有什么需要我帮忙的尽管说！很高兴认识你们，我得赶紧走了，今天我还有两节混天绫课呢！迟到了，师父又要告诉家长了。青山不改，绿水长流，他年相遇，后会有期，有事给我打电话……"

话音未落，哪吒已经消失得无影无踪。

小布丁追出去，对着天空喊道："喂，是谁告诉你我假扮你的？"

一个缥缈的声音从空中传来："龙叔——"

第十一章　龙叔生气了

哪吒走后，三个小伙伴坐在房间里面面相觑①。

龙叔到底是什么人?

他怎么认识哪吒?

"除非他自己也是神仙!"悠悠说。

"对，普通人不可能找到神仙。"田田表示同意，"看《目连救母》的时候，他对他的夫人说:'大姐要是想念目连，回头我陪你去西天灵山圣境看望他便是。'凡人怎么可能去西天? 连唐僧去西天取经都要经历九九八十一难呢。"

"他真这么说过? 我怎么没听见?"悠悠问。

"你们俩光顾着看戏，哪像我这么眼观六路耳听八方。"田田一脸傲娇。

"我也觉得他是神仙，他还知道咱们是穿越来的呢。"小

---

①面面相觑(qù):你看我，我看你，形容大家因惊惧或不知所措而互相望着，都不说话。

布丁表示同意。

龙叔到底是哪路神仙？

好奇心抓得三人心痒难耐，他们决心要搞清楚。每天下午龙叔都雷打不动地要去丽正门外听评书，三人决定去悦来茶馆堵他。

刚要出门，阿留急匆匆地跑进来："不好了，不好了！蟋蟀房内侍说，爱因斯坦不动了！"

"什么叫'不动了'？死了吗？"悠悠和田田不解地问。

"哎呀，我也说不清，你们还是自己去看看吧！"阿留话音未落，小布丁已经冲出小院，一阵风似的向蟋蟀房跑去。

四人来到蟋蟀房，负责照顾蟋蟀的小内侍正蹲在院子当中哭呢。

"我每天都按时给爱因斯坦喂食、喂水！蟋蟀不喜欢阳光，我一点儿都没让它晒着。它昨天下午还好好的，蟋蟀房里的蟋蟀数它叫得欢。没想到，今天早上它突然就不动了。呜呜呜——"

死了就说死了，为什么说"不动了"？

小内侍抽抽搭搭地回答："也不像是真死了，看上去还跟活的一样，就是怎么用蟋蟀草逗它都没反应。"

小伙伴们越听越糊涂，决定亲自去看一看爱因斯坦。

小布丁轻轻地打开蟋蟀罐，爱因斯坦安静地趴在罐里。

它身体油亮油亮的，两只触须挺拔如初，看起来还是那么精神，一点儿也不像是死了。

"爱因斯坦，爱因斯坦！"小布丁叫了两声。

爱因斯坦没反应。

蟋蟀房里的蟋蟀们七嘴八舌地议论着。

"昨天它还好好的呢！跟我们聊了半天。"

"没错，我问它断腿疼不疼，它说一点儿不疼！我问它怎么不吃东西？它说就想晒晒太阳。我说，咱们蟋蟀可不能晒太阳，对身体不好！它说，我跟你们不一样……"

"它跟咱们还真不一样，它一来我就觉得不对劲儿，又说不上哪儿不对劲儿。"

"蟋蟀一死，腿就直了，身子也僵了，可是它一点儿变化都没有，就跟睡着了一样。"

"我今天早上叫了它半天，可是它一声不吭。"

"那它到底死没死呀？"小布丁着急地问。

"死了！"

"没死！"

"冬眠了吧？"

蟋蟀房里"喔喔"声四起，蟋蟀们分成两派争论不休。

"喀喀——都别吵了，我说两句！"光禄大夫清了清嗓子，蟋蟀们都安静下来。

"爱因斯坦不是一般的蟋蟀,这点我早就说过,你就是不信!"光禄大夫说,"它身上没有蟋蟀味儿,也没有昆虫的味儿,甚至没有活物的味儿。"

"什么意思?它不是蟋蟀,是什么?"小布丁被它说得一头雾水。

光禄大夫摆了摆触须说:"这我就不知道了,你只能去问神仙!只有万能的神才知道。我只能告诉你,它铁定不是蟋蟀。我早就说过……"

"我不管它是什么,我就想知道怎么才能把它救活!"小布丁粗暴地打断了光禄大夫的长篇大论,眼眶里全是泪水。

"只有神仙才能起死回生!"蟋蟀们又七嘴八舌地叫起来。

小布丁扭头就向外跑,心想:"一定要找到龙叔,不管他是什么神仙,只有他能救活爱因斯坦!"

因为有说书先生驻场演出,悦来茶馆高朋满座,生意兴隆。还没到评书开场的时间,茶馆里已经座无虚席。

见悠悠等人风尘仆仆而来,茶博士满脸堆笑地招呼道:"小爷、姑娘又来了,里边儿请!"

"那个,龙叔来了没有?"悠悠没头没脑地问。

"龙叔?"茶博士有点儿发蒙。

"就是昨天跟我们坐一桌听评书的那个龙叔。"悠悠说。

"就是脑袋上长了两个肉瘤、丑得要命的那个龙叔。"田田补充。

"就是他们一家子都长得奇奇怪怪、丑得要命的那个龙叔。"小布丁说。

茶博士还没来得及回答，身后传来一个不满的声音："谁丑得要命？你才丑得要命，你们全家都丑得要命！"

小伙伴们回头一瞧，惊喜地喊："龙叔！"

龙叔带着他美丽的妻子和七个长相奇异的同伴，不满地看着悠悠三人。

小伙伴们将他团团围住。

"龙叔，快救救爱因斯坦！"

"我们知道你是神仙！爱因斯坦也不是普通蟋蟀。"

"它会穿越，它还懂'相对论'……"

"都别喊了！"龙叔做了个停止的手势，"蟋蟀的事我知道，你们放心，它没死，也不会死。一切等我听完评书再说。"

"对！谁要是打扰我们听评书，我们就给他点儿颜色看看！"两个长着大马脸的人举起粗壮的胳膊，向小伙伴们秀了秀肌肉。

"海马、天马，不要吓到小朋友好不好？"龙夫人将他俩扒拉开，疼爱地捏了捏小布丁的脸蛋说，"我最喜欢嘟嘟脸的小朋友了！你放心，听完评书，我就叫龙叔去救你的宝贝蟋蟀。"

"真的吗？"小布丁惊喜地看着她，"说瞎话是小狗！"

"哈哈哈，太可爱了！放心吧，神仙一言，驷马难追！走，先跟阿姨听评书去！"龙夫人领着小布丁走进茶馆，在一张大桌子边坐好。

"哎呀呀，也不知道什么情况就瞎许诺！"龙叔不满意地嘟囔着。他显然是个"气管炎"①，从来不敢当面违逆夫人的话。

说书先生端坐书案后，醒木一拍，开场了。

"书接前文。北京本是苦海幽州之地，地下住着一条孽龙。龙公听说刘伯温要建'八臂哪吒城'，气不打一处来！心说，北京建起'哪吒城'，真龙天子搬过来，还有我翻身的时候吗？不行！我得给他捣捣乱。龙婆说：'算了吧，他盖他的城，咱们住咱们的海眼龙宫，别找麻烦了！'龙公跺脚说：'这叫什么话？我不能瞧着他们过好日子！我要趁八臂哪吒城没建成的时候，把城里的水都收走，叫他们活活渴死！'

"第二天一清早，龙公、龙婆扮作进城卖菜的乡下人，推着个独轮小车，带着龙儿、龙女混进城。进了城，龙公把青菜往地上一倒，开始按照事先合计好的干。

"龙儿把城里所有的甜水都喝干了，龙女把城里所有的苦水也喝净了。龙儿、龙女又变成两只鱼鳞水篓，一边一个躺

---

① "气管炎"与"妻管严"谐音，指代怕老婆的男人。

在独轮车上。龙公、龙婆推着小车出了西直门。

"这时候，刘伯温正带着人修皇宫呢。忽然有人禀报：大事不好，北京城里大大小小的水井全都干了！

"刘伯温一听，心下了然，肯定是建'哪吒城'招了孽龙一家子的嫉恨。他赶紧派人到各城门查问，有没有看见怪模怪样的人出城。

"西直门守军禀报：一个时辰之前，有个罗锅儿老头儿、白发老婆儿推着独轮车出了西直门，车上放着两只水淋淋的鱼鳞水篓。那两只水篓看着分量不大，可推起来特别费劲儿。

"刘伯温说：'好一条狠毒的孽龙，这是要把我们都渴死呀！赶紧把水追回来……'"

"欺人太甚！"龙叔拍案而起。

说书先生刚讲到苦海幽州地下住着孽龙一家时，田田就发现龙叔脸色不对。他左手攥着拳头，右手紧紧捏着茶杯，眼睛眯成了一道缝，一副怒不可遏的样子。龙夫人把手搭在丈夫手上，示意他少安毋躁。说书先生讲到"罗锅儿老头儿""白发老婆儿"的时候，龙叔再也忍不住了。

"你哪只眼睛看见龙公是罗锅儿的？龙婆也不是白发老婆儿呀！"龙叔气得头上的青筋一跳一跳。

"这位爷，这么说，你见过龙公、龙婆？"说书先生笑笑。

"我……我当然没见过！"龙叔结巴了。

"既然没见过，怎么知道他们不是罗锅儿老头儿、白发老婆儿？"说书先生追问。

"我……想想就知道！龙，听听这名字，就知道该是何等英雄神武、玉树临风……"

"哦！下去吧！不听走人，别捣乱！"

龙叔还没说完，台下观众已经嘘声一片。

龙夫人拉了拉他的袖子，让他赶紧坐下，不要节外生枝。其他七人也纷纷起身安慰龙叔，劝他消消气，不要跟说书艺人一般见识。

龙叔强忍怒火坐了下来。

说书先生白了他一眼，接着往下讲。

"列位听众可能会问：这水怎么个追法？刘伯温说：'追水这事，既好办也难办。难的是追水人若被孽龙看出来，就会被他放水淹死。说好办呢，只要两枪扎破鱼鳞水篓，不管后面有什么响动，千万别回头，一直往回跑，到了西直门就能平安无事。'

"大伙儿听后谁也不敢搭腔。这时，一人挺身而出：'大军师，我高亮愿往。'刘伯温回头一看，原来是修皇宫的瓦匠高亮。刘伯温递给他一杆锃白亮银枪，嘱咐说：'一切小心，我在西直门城头给你助威。'

"话说高亮手提亮银枪，出了西直门，往西北方向追去。

追了没多久，眼前出现两条路。孽龙走的是哪一条呢？高亮正琢磨，只听田里两个农民聊天。一人说：'那两只水篓子，怎么一闪一闪像鱼鳞呢？'另一人说：'我也纳闷儿，玉泉山那么多甜水，这老头儿为什么还推着两只水篓子往山里跑？'高亮听了这话，心知孽龙往西北玉泉山方向跑了，不由分说追了上去。

"追了不多远，眼前又出现一大片柳树林，树林把路岔成两条道。高亮问在大树底下玩耍的几个小孩子：'小兄弟们，有一对老大爷、老大娘推着水车子，往哪条道儿去了？'几个小孩子抢着说：'往西边那条道儿去了！'高亮说了声'劳驾'，往西边那条道儿追下去。

"高亮铆足了劲儿往前追，到玉泉山脚下，终于看见一个老头儿、一个老婆儿坐在地上擦汗，他们身边正是那辆装着鱼鳞水篓的小车。高亮哈着身子，悄悄绕到龙公、龙婆身后，举枪就扎。第一枪扎破了一只鱼鳞水篓，水哗一下流了出来。

"高亮刚要扎第二枪，只见那只水篓变成个大胖小子，哧溜一下钻进玉泉山海眼里去了。就听龙公大喝一声：'臭小子，坏我大事，还想走吗？'

"高亮打了一个激灵，转身就跑，身后滔天大水追了上来。高亮紧跑，水紧追；高亮慢跑，水慢追。眼看就到西直门了，他看见城墙上的刘伯温，心里一高兴回头看了一眼，结果被大水给卷走了！

"打这儿以后，北京城的井又有了水，可是大部分是苦水。甜水呢？叫龙儿带到玉泉山海眼里去啦！后来，人们在高亮死的地方修了一座桥，就叫'高亮桥'①……"

听到这里，龙叔再也忍不了了，腾的一下子跳起来，将桌上的茶壶、茶碗一个个摔到台上，边摔边骂："好你个烂舌头的说书先生，编这么大一套故事来诋毁我！我什么时候干过这种缺德事！就算是真的，我能让一个毛头小子打败吗？"

说书先生"哧溜"钻到书案底下，边告饶边说："误会，误会呀！评书不都是编的吗？当不得真！别扔了，别扔了！"

龙叔才不管那一套，把自己桌子上的茶具扔光之后，又开始扔旁边桌子上的茶具。

这时候，那七个伙伴也不劝他了，跟他一起砸起茶碗来，一边砸一边骂："叫你胡编！叫你胡编！"

茶馆里顿时乱作一团，客人们吓得四散奔逃。

茶博士一边劝龙叔等人别砸了，一边想拦着客人要茶钱，不知道先顾哪边好。现场乱成了一锅粥，小伙伴们惊得下巴都要掉了。

此时，一只大手死死钳住龙叔的手腕，威严而低沉地吼

---

① 高亮桥现称高粱桥，位于北京西直门外。这个故事取自北京建城传说之一《高亮赶水》。

道："住手！"

又是说书先生那个如乞丐般的杂役。

"又……又是你！"龙叔的气焰一下子矮了半截儿，"别以为你是'真龙'我就怕你！我也不是假的。"

"你能怎样？"中年人喝道。

"我……我……"龙叔"我"了半天，不知道该如何回答，最后恨恨地说，"我不会善罢甘休的，咱们走着瞧！"

说完，他一甩袖子，带着伙伴们夺门而去。

悠悠、田田和小布丁连忙追出门去大喊："龙叔，别走！你答应我们要救爱因斯坦的！"

可是，龙叔、龙夫人和那七个奇奇怪怪的伙伴早已经消失得无影无踪了。

第十二章　三大殿失火

本以为龙叔一出手，爱因斯坦就得救了，没承想到头来还是一场空。

三人垂头丧气地回到皇太孙宫，茶不思饭不想。面对阿留的追问，他们也只是唉声叹气，什么也不想说。

呆坐了半晌，田田突然问："你们说，这龙叔到底是什么神仙？"

"你是不是有什么思路了？"悠悠连忙凑上去问。他知道田田每次有什么新发现，总爱以自问自答开头。

还真被他说中了，田田确实有了个大胆的假设。不过，这设想实在太大胆了，以至于她自己都不好意思说。

"说嘛！我们又不会笑话你！"悠悠和小布丁鼓励道。

田田说："龙叔和他那些奇奇怪怪的伙伴，会不会是蹲在太和殿屋脊上的脊兽？"

中国古代许多建筑的屋脊上都会安放神兽的小雕塑，这就是脊兽。按照建筑等级不同，脊兽的数量也不同。有的建筑上有三只脊兽，有的有五只，紫禁城太和殿等级最高，共有十只脊兽。它们依次是龙、凤、狮子、海马、天马、押鱼、狻猊、獬豸、斗牛、行什。

参加故宫游学团的时候，悠悠和小布丁听冯老师讲过太和殿脊兽的知识，但在他们看来，那些小神兽的名字稀奇古怪，长得也差不多，根本分不清谁是谁。田田却能将它们的名字和排序记得一清二楚，学霸就是学霸啊！

不过，何以见得龙叔小分队就是太和殿上的脊兽呢？

田田说："今天，龙叔听说书先生讲到孽龙收了北京城的水，一下子就急了。他说：'我什么时候干过这种缺德事！'他要不是龙，急什么？还有，那天他说自己在紫禁城里上班。太和殿上的龙不就是在紫禁城上班吗？"

悠悠问："另外那几个人是谁？"

田田拿出自己在故宫游学团记的笔记，一个个分析道："你们看，跟龙叔通电话的那人管龙叔叫老爸，说明他是龙的儿子。龙一共有九个儿子[①]，脊兽中只有狻猊是龙的儿子……"

"没错，没错，龙叔打电话时就叫他狻猊。我当时还想，

[①] 俗话说："龙生九子，各有不同。"龙的九个儿子是囚牛、睚眦（yá zì）、嘲风、蒲牢、狻猊、赑屃（bì xì）、狴犴（bì àn）、负屃（fù xì）、螭吻（chī wěn）。

他儿子怎么叫'蒜泥'！"悠悠说。

"什么蒜泥，还大葱呢！"田田和小布丁笑得直打跌。

田田接着说："笔记上写：狻猊喜欢烟，在香炉上趴着的那只神兽就是狻猊。你们还记得吗？他手里老托着个香炉闻来闻去，这就对上了。"

"那两个跟咱们秀肌肉的大长脸是天马和海马！我听见龙夫人这么叫他们来着。"小布丁说。

"脑袋上长着一个长肉瘤的肯定是獬豸。穿越大唐的时候，丹丘生曾经请獬豸来断案①，那只獬豸头上就长着一个犄角。它变成人形，咱们一下子没认出来。"悠悠说。

小布丁问："那么，龙夫人是谁呢？脊兽里只有一条龙哦。"

田田思忖了一下说："我觉得龙夫人可能是凤凰。俗话说，龙凤呈祥。龙的夫人自然就是凤凰喽。"

"有道理，有道理。"悠悠和小布丁不得不佩服田田的学识和分析能力。

脊兽跟龙叔小分队差不多都对上号了，可他们又发现了一个尴尬的问题：太和殿上的脊兽有十只，而龙叔小分队只有九人，少了个"行什"。

这是怎么回事？

三人冥思苦想了半天，也不得要领。

---

① 獬豸断案的故事详见《大唐长安城》。

"想那么多干吗？"悠悠一挥手，发扬"大概其"精神说，"行什也许有事出差了，也许他不爱听评书，也许他们都出来玩，留他一个人在太和殿上执勤……明天一早，咱们去找皇太孙朱瞻基，无论如何都让他带咱们进皇宫。只要能找到龙叔，爱因斯坦就有救了。"

田田虽然总嫌悠悠做事马马虎虎、不够严谨，但遇到头绪纷繁、难以决断的事，他这套化繁为简的处世哲学，往往能切中要害。也许，事情就像他说的，没那么复杂。现在他们唯一能做的是赶紧睡觉，明天一早去找朱瞻基，想办法混进紫禁城。

睡到半夜，悠悠、田田和小布丁被一阵急促的锣声吵醒，紧接着他们听到有人喊："走水啦！走水啦！"

"走水"是什么意思？

难道水长脚了会走路？

三人还没搞清状况，阿留破门而入，喊道："着火了，着火了！三大殿着火了！①"

"三大殿？哪里的三大殿？"悠悠迷迷瞪瞪地问。

阿留跺脚急道："还有哪里的三大殿？紫禁城的奉天殿、华盖殿、谨身殿三大殿呗！"

---

① 历史上，奉天殿、华盖殿和谨身殿在永乐十九年（1421 年）四月失火。为故事叙述方便，作者将失火时间加以调整。

冯老师讲过，紫禁城三大殿——太和殿、中和殿、保和殿，在明永乐年间名为奉天殿、华盖殿、谨身殿。龙叔和他的小分队应该就是奉天殿上的脊兽。小伙伴们本打算天亮后混进紫禁城去找龙叔。没想到在这个节骨眼儿上，三大殿竟然着火了，龙叔和他的小分队不会被烧死吧？龙叔要是有个三长两短，爱因斯坦就没救了！

想到这里，三个小伙伴立即穿好衣服跑了出去。

此时，皇太孙宫已经乱作一团。内侍们拿着各种救火工具向宫门口集结，宫女们护着宫中女眷向安全的地方转移。皇太孙朱瞻基倒是镇定自若。此时，他已经披挂整齐，飞身上马，带着一队人马往紫禁城奔去。

紫禁城方向的天空被火光映得一片通红，滚滚浓烟随着呜呜作响的大风灌过来，呛得人喘不过气。

大火终夜不灭,恶魔般的火焰在缭乱的狂风中发出"嘶嘶"怪叫，火舌从一座大殿烧到另一座大殿。巨大的梁柱发出"噼噼啪啪"的响声，好像随时都要倾倒。工匠们精心描绘的金漆彩画在火舌的舔舐下扭曲变形，瞬间化为乌有。火借风势，风助火威，刚建成不久的紫禁城陷入一片火海。

所有人都被这炼狱般的情景吓呆了。

京城中所有内侍、锦衣卫和五城兵马司①的士兵全被调来救火，就连居住在皇城外的普通百姓也自发地挑着水桶往皇城里送水。

大火一直烧到第二天下午才被彻底扑灭。紫禁城虽然保住了，但是象征皇帝威仪的奉天殿、华盖殿、谨身殿三大殿②被烧成一片平地。

随后的几天，北京城笼罩在一片愁云惨雾之中。木材燃烧的灰烬飘浮在空气中，遮天蔽日，呛人的烟味弥漫全城，简直比空气重度污染还要严重百倍。明朝没有发明口罩，大家只能在鼻子上围一块手帕。

大火过后，紫禁城里到处都是倒塌的梁柱和被烧毁的废墟，如果不将这些垃圾立即清出，随时都有死灰复燃的可能。几万名内侍和锦衣卫被调进紫禁城清理火场，可垃圾实在太多，几万人出动仍显得力不从心。迫不得已，朝廷又临时征调了几万名百姓参与运送垃圾。

三个小伙伴认为这是个千载难逢的机会，于是央求阿留带他们一起进紫禁城参加"义务劳动"。阿留心想，好几万百

---

① 五城兵马司是负责京师治安、疏理街道沟渠、防火等事的衙门，相当于今天的公安局和城市管理部门。

② 紫禁城三大殿是皇帝行使权力或举行盛典时使用的宫殿，明永乐年间三大殿是奉天殿、华盖殿、谨身殿，清代改名为太和殿、中和殿、保和殿。永乐十九年四月初八，紫禁城落成不足百日便遭遇大火，三大殿被烧毁，直到明正统六年（1441年），才重建了三大殿。

姓都被调来清理火场，也不多他们仨，于是便答应了。

悠悠、田田和小布丁脸围手帕，手持扫帚，跟着清理火场的百姓队伍混进了紫禁城。

站在奉天殿前的广场上，三人惊呆了，他们做梦都想不到会看到这番景象。紫禁城的核心建筑三大殿没了，巨大的汉白玉基座上只剩下三堆巨大的废墟。从小在北京长大的悠悠、田田和小布丁，跟爸爸、妈妈和老师来过好几次故宫。不久前，他们还站在这里听冯老师讲三大殿的知识。他们无论如何也想不到，三大殿会在眼前消失，变成一堆废墟。这太不可思议了，太骇人听闻了！

悠悠把胳膊伸到田田跟前说："你掐我一下，看看我是不是在做梦！"

田田心乱如麻，根本没有心情理他的胡言乱语。

这一切当然是真的，不是梦。史书记载，永乐十九年，建成不到一年的紫禁城遭遇大火，象征皇帝威仪的三大殿被烧成一片废墟。

不光他们仨感到震惊，进宫参与清理火场的数万名百姓，看到这片残垣断壁也大为震惊。整个京城陷入一片巨大的恐慌之中，小道消息满天飞，民间流传着各种危言耸听的谣言。

有的说，万岁爷执意要将京师从南京迁到北京，触怒了上天，于是上天降下天火，将三大殿烧成灰烬；有的说，万岁爷大兴土木，营建宫室，滥用民脂民膏，这才触怒上天，引来天火。还有的说，万岁爷抢了自己侄子的江山，得位不正，所以遭到天谴。

谣言不仅在民间四处蔓延，当初反对迁都的大臣们也蠢蠢欲动。

一天，朱瞻基怒气冲冲地下朝回宫，一进门就破口大骂："户部主事萧仪吃了熊心豹子胆，居然上书说，三大殿起火是因为皇爷爷迁都违逆了天命。他居然说，金朝、元朝定都北京，立国不足百年而亡，可见北京风水不好，应该立即将京师迁回南京！"

"因为一场大火就要迁都，这也太奇葩了！"三个小伙伴领教了明朝大臣的荒唐逻辑。

"谁说不是呢！"朱瞻基一拳重重地捶在茶几上，茶碗被震得东倒西歪，"蒙古大军被我军驱逐到漠北之后，一直想杀回中原。北京是抵抗蒙古铁骑的最前沿，是大明的国门。天子亲自镇守国门，才能保我大明江山固若金汤，保我大明百姓免遭涂炭……"

"原来，万岁爷迁都北京是这个原因。我还以为……"悠悠一不留神差点儿把实话说出来，连忙捂住嘴巴，把后半句话硬生生地咽了回去。

朱瞻基是何等聪明的人物，他剑眉一挑不满地看着悠悠：

“你以为什么？以为是因为皇爷爷夺了朱允炆的江山，心中有愧？”

“不是，不是！误会，误会！”田田赶紧满脸堆笑地打圆场。

朱瞻基哼了一声说："我知道你们是怎么想的！这城中百姓、满朝文武十有八九也是这个心思，所有人都热衷传播此种子虚乌有之事。什么天命呀、天火呀！我看纯属无稽之谈。好端端的，奉天殿为什么会起火？肯定有奸人作祟！我会用事实向你们证明的！”

“什么？你是说有人故意纵火？”小伙伴们吃了一惊。

朱瞻基思忖道："我还没有证据，但我已经在皇爷爷面前立下军令状，一定要把这个纵火犯揪出来！当然，要立功的不止我一人，二叔在皇爷爷面前夸下海口，说捉到奸人的肯定是他。到底鹿死谁手，走着瞧吧！”

说完，他袍袖一甩，昂然走出大殿。

“难道真有奸人纵火？”回到住处，悠悠迫不及待地问田田。

“我也不知道呀？”田田说。

“你不是看过《明朝那些事儿》吗？里面怎么说的？”悠悠问。

“《明朝那些事儿》里没写这段啊！”田田撇撇嘴。

"这么大的事都没写？也太不敬业了！"悠悠吃惊道。

"要不然咱们问问 Siri 吧？"小布丁又提起她那个神奇的 Siri。

有了上次的经历，悠悠和田田本来已经发誓，再也不招惹小布丁的 Siri 了。可是，这次穿越时他们太心急，没在蟋蟀罐上的二维码下载《明朝穿越指南》[①]。没有背景知识还真是寸步难行呀！无可奈何中，二人只能同意小布丁的建议，向 Siri 求助。

小布丁拿出 iPad 按下开关，可是屏幕上并没有出现滚动的亮线——iPad 没电了。

"小布丁啊小布丁，我跟你说了多少遍，别老玩 iPad。这下可好，关键时刻没电了！咱们可是在明朝，上哪儿充电去？"悠悠终于有机会摆出哥哥的架势数落小布丁了，心里说不出的解气。

小布丁自知理亏，也不敢还嘴，灰溜溜地将 iPad 收起来。Siri 这个万事通没电了，看来三大殿失火的秘密，只能靠他们自己去破译了。

悠悠见田田一副若有所思的模样，问："你是不是又有什么新发现了？"

[①] 在"甲骨文学校"系列的前三部作品中，悠悠三人都是通过扫描二维码下载的穿越指南。

田田皱眉道："你们说，这事会不会跟龙叔有关？"

"怎么讲？"悠悠和小布丁忙凑上去。

"三大殿起火前那天，龙叔不满意说书先生用故事编派他，大闹悦来茶馆。你们还记得他临走时怎么说的吗？"田田问道。

"我记得，我记得！他说：'我不会善罢甘休的，咱们走着瞧……'"小布丁把龙叔的口气学得惟妙惟肖。

悠悠说："你认为，龙叔为了报复放火烧了三大殿？"

田田犹豫道："我也拿不准，但他的嫌疑很大。"

"为了一个评书就把三大殿烧了，这也太夸张了吧？虽然他是龙，可也不能这么任性吧？"悠悠觉得不可思议。

"咱们不如去当面质问他：'龙叔，三大殿是不是你烧的？'"小布丁双手叉腰，义正词严，好像龙叔就在眼前。

可是，怎样才能找到龙叔呢？

他们没有龙叔的电话号码。

田田眼珠一转说："丽正门外悦来茶馆！咱们去瞅瞅龙叔今天去没去听评书！"

第十三章　全城通缉

吃过午饭，三个小伙伴蹑手蹑脚地出了皇太孙宫，往丽正门方向而去。

三大殿失火后，北京城里人人自危，街上行人明显少了，不少店铺闭门谢客，大街上冷冷清清。大明门前的朝前市居然一个摆摊子的都没有，只有几名士兵铁青着脸来回巡逻，与前几日繁华热闹的景象相比，简直是天壤之别。

大街上气氛压抑，悠悠、田田和小布丁不自觉地加快了脚步。

丽正门外新开的买卖几乎都没开门，悦来茶馆也上着门板。

悠悠不死心，"哐哐哐"地砸了几下门，喊道："有人吗？茶博士，开门！"

喊了几声，门"吱呀"一声开了。

茶博士探出脑袋："怎么又是你们？走吧，走吧！今天不开门。"

他一脸不耐烦地要关门。

"别关门，别关门！我们是来给茶钱的。"悠悠满脸堆笑，将几枚铜钱塞进茶博士手里。

看见钱，茶博士笑了："太阳打西边出来了，不开门还有人来送钱？说吧，你们有什么事？"

"进去说，进去说！"悠悠三人赔着笑脸从门缝里挤了进去。

茶馆里空无一人，板凳都架在桌子上。茶博士冷淡地示意他们随便坐，看样子也不打算给他们沏茶。当然，三人也没心思喝茶，他们就想知道，龙叔这几天来了没有。

"他还敢来？"一提龙叔，茶博士气不打一处来，"他只要敢来，我就立即报官抓他！上次砸了我多少茶壶茶碗呀？一屋子客人全吓跑了，茶钱都没给！"

悠悠、田田一脸尴尬地想，茶博士肯定认为他们跟龙叔是一伙的。

悠悠从怀里掏出一块小银锭放在桌上，抱歉地说："真是不好意思，这点儿银子赔给你。"

茶博士看见银锭两眼放光："哎呀，让小爷你破费，这多不合适！"

他嘴上虽然说"不合适"，但仍迅速地将银锭塞进怀里。

田田趁机问："说书先生和他的杂役，这几天也没来？"

"你们说吴先生？自从龙大爷威胁过他以后，他就再也没来。"

小伙伴们这才知道说书先生姓吴。

茶博士继续说："你们不知道，自从有吴先生驻场说书，我这茶馆生意好极了！那天龙大爷这么一闹，把吴先生吓坏了，当场就说：'不干了，要回南京！'"

"他们是从南京来的？"田田追问。

"我也没多问，听说话有点儿南京口音。我劝他：'客人嘛，千奇百怪，什么样的都有，不要往心里去。现在北京是京师，在北京最有发展前途……'"

茶博士唠唠叨叨地要继续说，田田关心的却是另一件事："他那个杂役呢？"

"你问他干吗？"悠悠奇怪道。

田田没理他，等着茶博士的回答。

茶博士也被她问愣了："杂役？那人痴痴呆呆的，好像是个傻子。不过啊，我觉得他们俩的关系有些怪——不是有些怪，是太怪了！"

"怎么讲？"小伙伴们的胃口瞬间被吊起来了。

茶博士说："吴先生对他那个杂役恭敬得要命，从来不敢安排杂役干活。那杂役如果递给他什么东西，他都是双手接过。那样子活像他是仆人，杂役是主人。"

悠悠和田田脑补了一下画面，感到的确古怪。

田田问："他们住在哪里？到底有没有离开北京呢？"

茶博士摊摊手："这我就不知道了。龙大爷大闹茶馆的第二天，紫禁城便失火了。全城取消娱乐活动，我们这茶馆也不知道猴年马月才能开张。从那天起，我就没见过他们。不过，我想他们肯定还在北京。"

"何以见得？"悠悠和田田异口同声地问。

"何以见得？"茶博士惊讶地看着他们，"姑娘、小爷，没听说吗？锦衣卫有令，抓到放火的真凶之前，谁也不许离开北京。"

"真凶？三大殿真是被人放火烧的吗？"他们疑惑地问。

茶博士压低嗓子说："谁知道呢？这几天锦衣卫挨家挨户搜查。昨天，卖元宫秘制奶酪的蒙古人巴特尔被锦衣卫抓到诏狱①里去了。我看呀，凶多吉少！"

说到这里，门外传来一阵狂暴的砸门声，一个凶巴巴的声音喊道："开门，开门！"

茶博士吓了一跳，紧跑几步打开店门。

---

① 明代锦衣卫拥有自己的监狱，称诏狱，可以直接拷打用刑，非常残酷，三法司无权过问。

来人身穿藏蓝色绣金绵甲，脚蹬乌皮靴，手持钢刀，是一群锦衣卫。

"王总旗^①，哪阵风把您吹来了？快请进！"茶博士认识他。

王总旗一边打量着悠悠等人，一边说："今天有什么异常？这几个小孩是谁？"

茶博士赔笑道："平安无事，平安无事！这小爷那天没带茶钱，今天特意送过来。"

王总旗问："那个说书先生呢？"

茶博士一愣，心想怎么都问他，连忙答道："这些天没营业，吴先生也没来。"

"他要是来了，赶紧给我报个信。"王总旗又瞅了悠悠三人几眼，旁敲侧击地说，"把门关好，别什么人都让进，特别是那些来路不明的。"

王总旗话里有话，好像在暗示什么。小伙伴们听得心里一阵发毛，锦衣卫前脚一走，他们后脚便赶紧离开了。

天色渐暗，大街上一个行人也没有，巡城士兵"咔咔咔"地列队走过，气氛压抑得令人窒息。三个人谁也不说话，手拉手向丽正门方向疾行，恨不得插上翅膀赶紧飞回皇太孙宫去。

---

① 总旗：锦衣卫中的基层武官，正七品，五十人为一总旗。

眼看就要进丽正门了，皇太孙身边一名叫吉祥的小内侍突然迎面走过来，身上还背了个小包袱。吉祥看见悠悠三人没打招呼，而是悄悄做了个手势让他们跟自己走。悠悠等人不知他是何用意，但吉祥突然现身必有缘故。

　　他们犹豫了一下，跟了上去。

　　吉祥顺着丽正街一路向南，走了十几分钟，丝毫没有停下的意思，还时不时回过头查看悠悠等人是否跟上。

　　小布丁累得气喘吁吁，抱怨道："这人要去哪儿呀？咱们跟着他瞎跑什么？不如把他叫住问问，他要是回姥姥家，难道咱们跟他一起去？"

　　悠悠斥道："小丫头，少废话！没那么简单。"

　　田田也喘着粗气说："我觉得，他有什么紧急的事要跟咱们说。"

　　这时，吉祥又回头望了一眼，闪身钻进东边一条小胡同。

　　悠悠三人也紧走几步跟了进去。

　　刚拐进胡同，悠悠的胳膊就被吉祥一把抓住了："小爷、姑娘们，我在这儿呢！"

　　小布丁不满意地说："吉祥，你跑什么呀？累死我了！我们正要回皇太孙宫呢！"

　　"千万不能回去！汉王正带着锦衣卫抓你们呢！"吉祥着急道。

"抓我们干吗？"三人一脸茫然。

"汉王和皇太孙殿下在万岁爷驾前立下军令状，要在三天之内找到烧三大殿的真凶，给天下人一个交代。"吉祥说。

悠悠说："这我们知道啊，听皇太孙说了。"

"汉王命锦衣卫全城搜捕'番人'，不管蒙古人、色目人^①、朝鲜人、交趾人，还是你们印度人，全抓！"

听吉祥说"印度人"时，小伙伴们先是愣了一下，随后才想起来，他们当初说自己是从印度来的。冒充谁不好，非要冒充外国人。这下可好，成了通缉犯！三人肠子都要悔青了。

"阿留已经被他们抓走了！皇太孙让我赶紧出来找你们，千万别回去，赶紧跑！"吉祥说。

汉王抓人居然抓到皇太孙宫里去了？小伙伴们觉得不可思议。这不是大水冲了龙王庙，一家人不认一家人吗？

"谁跟他是一家人？"吉祥急道，"汉王是要借着查纵火犯的由头，栽赃陷害皇太孙！"

"为什么？"仨人异口同声问。

"为了皇位呗！汉王一直觊觎^②皇位，想把太子爷拉下马，取而代之。之前，他已经使了好多阴谋诡计，就不细说了。

---

① 蒙古以外的西北各族，以至中亚、西亚、欧洲各族人，概称色目人。
② 觊觎（jì yú）：渴望得到不属于自己的东西。

反正任他怎么折腾都无济于事，万岁爷不但没有废掉太子，还正式册封了皇太孙。他咽不下这口气，所以总想陷害皇太孙殿下。"吉祥连珠炮般解释。

"怪不得斗蟋蟀的时候，汉王一副你死我活的样子！"三人恍然大悟，"难道他想把三大殿失火的责任推给皇太孙？"

吉祥说："汉王命锦衣卫全城缉拿番人，就是冲着阿留和你们几个来的。他说：'好端端的，三大殿就起火了，肯定是北京城里的番人搞破坏！'当然，他也不是为了抓你们几个，而是为了牵连皇太孙。"

真是"城门失火，殃及池鱼"！

小伙伴们怎么也想不到，这趟"明朝北京自由行"竟会让他们卷入一场宫廷阴谋中。现在说什么都晚了，脚底抹油——赶紧溜吧。

吉祥从背后的包袱里掏出三身内侍的衣服说："你们赶紧把这身衣服换上，沿着丽正门外大街一直往南走。如果士兵盘问，就给他们看这块腰牌，说'东厂①办案'，没人敢拦你们。"

"啊？你让我们冒充东厂？"悠悠一脸嫌弃。

"小爷啊！东厂那都是万岁爷身边的红人，连锦衣卫都惧怕东厂三分！还辱没了你们不成？"吉祥说，"废话少说，你们沿着大路一直往南走，走到驿站出示这块腰牌，让他们给

---

① 东厂，即东缉事厂，明成祖设立的特务机构，由亲信宦官担任首领。

你们备马。你们……会骑马吧？"

"会！我们还是……"悠悠刚想吹牛，说自己还得过古典奥运会赛马冠军呢①，田田白了他一眼，他把下面的话又咽回去了。

"记住一定要沿着大路走，千万别跑偏了！往东一点儿就是天地坛②，那里是万岁爷祭天、祭地的地方，有重兵把守。"吉祥继续嘱咐。

"可是，阿留怎么办？"悠悠急道。

"哎呀，你们都自身难保了，就别管那么多了！万一让锦衣卫抓住可就惨了！快跑吧……"吉祥快手快脚地帮三人换好衣服，将他们推出胡同，低声喝道，"快跑，晚了就来不及了！"

说完，他转身就跑，不一会儿消失在暮色中。

此时，三人已经换上了内侍的服装，活像三个外出办事的小内侍。悠悠看着手中东厂的腰牌，心想，古装片里，东厂太监是残忍、变态的代名词，坏人中的极品。没想到自己有一天会冒充东厂太监，真是人生污点！

此时，夕阳的最后一缕余晖也消失了，夜色像怪兽笼罩

---

① 这段故事详见"甲骨文学校"系列第二部《丝绸之路历险记》。

② 天坛始建于明朝永乐十五年（1417年），与紫禁城同时建成，初名天地坛，是皇帝祭祀天地的地方。天地坛一直沿用到明嘉靖时期，嘉靖皇帝将天地坛改建为天坛专门祭天，另在城北建地坛祭地。

在大地上。一大群乌鸦"啊啊啊"地从头顶飞过，远处不时传来一两声狗叫……看着茫茫未知的前路，田田和小布丁不禁毛骨悚然，一左一右紧紧抓住悠悠的胳膊。

悠悠拍拍肩上寸步不离的小背包，安慰她俩说："别怕，我带着小帐篷呢！咱们一会儿钻到前面那片小树林里，把小帐篷一撑，就钻帐篷回家！神不知鬼不觉，别说汉王，神仙也找不着咱们！"

"咱们……咱们不能走！"小布丁突然停下脚步，倔强地说，"咱们不能丢下阿留和爱因斯坦。"

"我听爸爸说，锦衣卫的诏狱特别可怕！咱们得救阿留。"田田看着悠悠。

"怎么救？"悠悠撇着嘴说，"难道你们俩想让我去单挑锦衣卫？"

"呼叫哪吒呀！他不是说，有需要随时给他打电话嘛！"小布丁灵机一动。

"他电话号码多少，你知道？"悠悠白了妹妹一眼。

小布丁突然意识到，自己竟然没问哪吒的电话号码！其实，即使知道电话号码，他们也没法给哪吒打电话，因为他们的手机根本没信号。当然，即便手机有信号，能不能联系上神仙也是未知数。

三人陷入沉默。

"有了！"田田灵光乍现，"去天坛！"

天坛是古代皇帝祭天的地方，现在是北京一处著名的旅游胜地。周末早上，悠悠爸爸常常会带三个孩子去天坛遛早儿。悠爸说，在天坛锻炼的北京老大爷代表着晨练的最高境界，什么单杠、双杠、大臂回环、踢毽儿、甩鞭子……全都不在话下，技巧堪比专业运动员。

在这些晨练的老大爷面前，年轻人只有拍巴掌叫好的份儿。给老大爷们拍完巴掌，悠爸就会带他们到天坛北门的豆汁店来碗豆汁儿，吃几个焦圈儿。如果心情好，又闲来无事，悠爸还会带他们溜达到天坛西边的北京自然博物馆转悠一圈，看看大恐龙的化石。

不夸张地说，就算闭着眼悠悠也能找到天坛。可是，吉祥刚刚嘱咐过要躲着天坛走，难道他们要去自投罗网？

田田神秘地说："天坛是皇帝祭天的地方，是北京城唯一能与神仙沟通的地方！要想联系哪吒，只能去天坛碰碰运气。"

"可是，吉祥说天坛有重兵把守，咱们怎么进去呀？"悠悠和小布丁问。

田田一晃东厂腰牌，胸有成竹地说："有这个！"

第十四章　天坛对质

天更黑了，除了满天星斗，周围连一丝光都没有。

六百年前，天坛周围一片荒凉。高高的坛墙矗立在暗夜中，就像荒原上的一座古堡，神秘而悠远。暗影中，隐约能看到几名全副武装的士兵正在站岗执勤。

三个小伙伴�驽着胆子走上前去。

守坛卫兵远远地就注意到他们了，举起手中长矛喝道："什么人？私闯皇家禁地，不要命了？"

悠悠虽然早有心理准备，但仍吓得一哆嗦。

田田用手抵住他的后背，将他硬推上前。

悠悠强作镇定，拿腔拿调地说："哎，你们谁是管事的？东厂公干！"随后递上腰牌。

管事的是个千户①，见到东厂的腰牌，气焰立刻矮了三

① 千户：明朝武官，正五品，大约可以掌管一千人。

分，赔着笑脸问："三位小公公，这么晚有何贵干？"

"三大殿失火，万岁爷十分忧心，派我们仨来问问老天爷，到底是怎么回事？"悠悠按照商量好的说辞讲。

此时，天地坛刚刚建成，守坛千户还没遇到过有人夜间造访。难道皇家祭祀也会如此草率？

千户看了看腰牌，又看了看悠悠三人，为难地说："天地坛面积很大，三位小公公要去哪儿问老天爷呀？"

这话可把悠悠三人问住了，他们也不知道该去哪里呼叫哪吒。事实上，能不能联系上哪吒，也是个未知数。

田田挥挥手，装出一副不耐烦的样子说："天机不可泄露，你带我们进去就是了。别多问！"

千户不敢多嘴，带着三个小伙伴走进天地坛。

天地坛里一片漆黑，除了千户手中灯笼发出的微光，再也没有一丝光亮。四周一片死寂，连虫鸣也听不到，唯有令人窒息的静。小伙伴们不由得汗毛倒竖，手紧紧地拉在一起。

千户带着他们穿过三道大门，来到天地坛的核心建筑——大祀殿前。

周围虽然很黑，但仍然能看出大祀殿是个长方形建筑，不但大祀殿是长方形的，殿前广场和四周的围墙也都是长方形的。

可天坛里的建筑不都是圆形的吗？祈年殿是圆形的，圜丘是圆形的，天坛里的围墙大多也是圆形的，圆形正是天坛的最大特色呀。

"这里是天坛吗？不会搞错了吧？"悠悠自言自语道。

"怎么会错？这是大祀殿，万岁爷祭天的地方！你们难道不知道？你们到底是不是来替万岁爷问卜的？"千户心里疑窦丛生，禁不住上下打量他们。

"我们当然是了！你退下吧！我们跟老天爷说话，不能让你听见。"田田信口胡诌。

千户半信半疑地退到墙角，想看看这几个小孩儿到底搞什么鬼。

广场上空空荡荡，巍峨的大祀殿像个面部不清的巨人站在面前，夜静得让人胆寒。在这里真能联络到神仙？悠悠和小布丁迷茫地看着田田。

田田突然想起爸爸曾告诉她，天坛里有一块三音石，站在三音石上说话，可以听到三次回声。如果周围足够安静，即便说话声音不大，回声也洪亮如雷，因此这块石头被称为"天闻若雷石"，意思是"人间偶语，天闻若雷"。

"'天闻若雷'，也许天上的神仙真能听到。"田田心想。

田爸说，大殿丹陛前的甬道上，从北向南数第三块石头就是三音石。她暗暗数着"一、二、三"，找到了！

田田郑重地站在"三音石"上，气沉丹田，刚要喊："哪吒——"

突然，有人拍了拍她的肩膀说："别喊了，这块根本不是'三音石'！"

她回头一看，喜出望外，冲口叫道："哪吒！"

哪吒突然现身，小伙伴们高兴坏了，将他团团围住，"哪吒，哪吒"叫个不停。

哪吒对田田说："三音石在天坛皇穹宇殿外的甬道上。皇穹宇是嘉靖年间建的，永乐年间还没有呢。站在三音石上说话能听到三次回声，是因为三音石位于圆形围墙的中心，声音被围墙反射后又传回来，反复几次，所以特别响亮。你看这周围的围墙是圆形的吗？天坛的大祀殿也是在嘉靖年间才改建为圆殿的……"

小伙伴们没心情听哪吒长篇大论地进行科普，叽叽喳喳抢着说：

"三大殿失火了，汉王想栽赃给皇太孙！"

"他抓走了阿留！"

"不是阿留干的，我们怀疑是龙叔搞的鬼！"

"听完评书他就恼羞成怒了，还说'走着瞧'！"

"当天夜里三大殿就着火了！"

虽然他们说得支离破碎，但哪吒还是听懂了。

他坐在大祀殿前的台阶上，两只手托着下巴，两只手叉着腰，剩下四只手攥着他的法宝，陷入了沉思。

小伙伴们愣愣地瞧着他，不敢言语。那位陪他们进入天地坛的千户，不知道被哪吒施了什么法术，此时已经靠在墙角打起了呼噜。

过了一会儿，哪吒说："我怎么想都觉得不可能，龙叔他们是奉天殿上的脊兽，职责是护卫紫禁城。他们怎么可能为了一段评书，就放火烧三大殿呢？这不合情理呀！"

田田心中一阵得意，自己果然猜得不错，龙叔小分队真是脊兽。

她问哪吒："你能不能把他们叫来当面对质？"

"这有何难？给龙叔打个电话不就成了！"说着，哪吒举起左边第一只手，轻点手表屏幕说道，"呼叫龙叔！"

电话瞬间拨通了。

龙叔郁闷的声音响起："喂，哪吒，找我有什么事？"

哪吒说："龙叔，你能不能来一趟天地坛？这里有三位小朋友想见你！"

"什么小朋友？我烦着呢！回头再说……"

听意思龙叔要挂电话，哪吒忙问："三大殿是不是你烧的？"

"什么？你再说一遍！"

话音未落，只见眼前金光大胜，一条龙从天而降，他身后还跟着凤凰、狮子、海马、天马、押鱼、狻猊、獬豸、斗牛。

龙叔小分队现身啦!

"龙叔!"小伙伴们欢呼起来。

龙叔铁青着脸问:"谁说三大殿是我烧的?"

小伙伴们见他气势汹汹的模样,都不敢说话了。

龙叔痛心疾首地说:"这是赤裸裸地栽赃陷害!我说'走着瞧!',那就是过过嘴瘾,我怎么会放火烧三大殿呢?"

"是啊,我们可是奉天殿上的脊兽,是专门守护紫禁城的!"脊兽们附和道。

"三大殿突然起火,玉帝震怒,把我们叫到天庭狠批了一通,说我们光顾着听评书,擅离职守。还罚我们在南天门外写十万遍'我错了',写得我手都快抽筋了。可是,这能赖我们吗?三大殿起火是因为遭了雷击,打雷、打闪归雷公、电母管,应该找他们俩啊!"

龙叔一脸委屈。

"对呀,他们干的坏事,干吗让我们背黑锅?太不公平了!"脊兽们个个一脸愤懑,七嘴八舌地说道。

"你们是负责守护紫禁城的神兽,出了事故难道不该找你们吗?"田田见他们一味推诿,心中不忿,"押鱼,你是海中神兽,不是擅长兴云作雨、灭火防灾吗?还有斗牛,据说你也擅长镇火防灾。把你们安放在大殿的屋脊上,不就是为了让你们守护大殿吗?现在怎么能一推了事呢!"

脊兽们被田田一通抢白，都不好意思地低下头。没想到这小姑娘知识居然这么渊博，把他们的底细说得一清二楚。

龙叔嗫嚅道："我们的确是负责守护紫禁城的神兽，但我们没你说的那么神通广大。"

"什么兴云作雨、防灾减灾，这些只是人们美好的想象。"押鱼说。

"我们不过是站在大殿屋脊上的吉祥物罢了。"斗牛补充道。

几句话说完，脊兽们都默默地低下了头。当众承认自己不过是个摆设，并没有传说中的神奇能力，对他们来说太没面子了。

见他们一副郁闷的模样，小伙伴们有些于心不忍，他们只想揪出烧毁三大殿的始作俑者，并不想伤害脊兽们的自尊心。

哪吒走上前，拍了拍龙叔的肩膀，说："龙叔，别难过，只要大家齐心合力找到真凶，就能还你们一个清白。"

"把雷公、电母叫来！"

"叫他们来当面对质，为什么要火烧三大殿！"

"没错，大家一起呼叫！"

脊兽们群情激奋，齐刷刷地举起左手，对着手腕上的手表电话呼叫："雷公、电母，速速现身，坐标永乐十九年天地坛！"

声波远远地传了出去，悠悠、田田和小布丁甚至能感觉到它像水中的涟漪一样，一圈圈传入深不可测的茫茫宇宙。

瞬间，两道白光闪耀——雷公、电母现身了。

电母身穿橘黄色上衣、银白色长裙，手持一对银白色闪电神镜，头戴银白色珠花，脸上化的妆也是银白色的，看上去非常时尚。

雷公长得就有点儿对不起观众了，他赤裸着上身，腰上围了条裙子，后背长着两只翅膀，一张红色的猴子脸，一个尖尖的鸡嘴。他左手拿着一根大钉子，右手拿着一把大锤子，样子像个凶神恶煞。

小布丁心中害怕，小声问田田："这雷公长得怎么像孙悟空呀？不会搞错了吧？"

田田还没回答，只听哪吒说："雷公叔叔、电母阿姨，今天把二位请来是为了三大殿被烧一事……"

"是不是你们俩打雷、打闪劈中了紫禁城三大殿？"没等哪吒说完，狻猊跳出来，双手叉腰，质问雷公、电母。

"狻猊，说话客气点儿！"龙叔教训道。

"跟他们没什么客气的！他们俩闯了祸，挨罚的却是咱们，太不公平了！今天要让他们说清楚，为什么要火烧三大殿！"狻猊激动得直发抖。

其他脊兽也跟着声讨。

雷公、电母见他们气势汹汹，结结巴巴解释说："误……误会呀！我们不是存心要烧掉三大殿，这都是自然现象呀！"

"自然现象？"大家不明所以。

电母看见站在一旁的悠悠和田田，忙拉住他们说："你们都是有知识的小朋友，应该知道当地面温度高、湿度大时，湿热空气上升遇冷形成浓积云。云中正负电荷形成的电场强度达到一定程度，就会放电并产生强烈的火花。这火花就是闪电。"

"伴随火花产生的巨大响声就是雷声。"雷公补充说。

"雷声、闪电合称雷电。"雷公、电母手持法器合体摆了个姿势，样子搞笑极了。

悠悠和田田虽然在学校科学课学过"雷电是如何产生的"，但是这番话从雷公、电母嘴里说出来，感觉就像演员跑错了片场，怎么听怎么别扭。

"你们……你们怎么还讲上科学了？你们不都是神仙吗？"悠悠挠着头问。

"神仙也得讲科学呀！我们都是按照科学规律办事的，不是想劈谁就劈谁！"雷公、电母齐声说。

"三大殿着火的那天夜里，地面温度、湿度大，紫禁城上空正好形成了一片积雨云。云中正负电荷形成电场，想不放电都不行呀！"电母无可奈何地说。

"雷电之所以会劈到奉天殿，是因为紫禁城中奉天殿最高大，而且奉天殿上没有安避雷针！"雷公一语中的。

在场的神仙和小伙伴们恍然大悟。原来，奉天殿失火既不是脊兽们失职，也不是有人搞破坏，更不是迁都激怒了上天，而是因为紫禁城的宫殿上全都没安避雷针！

悠悠和田田十分惭愧。这些知识他们在科学课上都学过，本来早该想到，可是作为学习过科学知识的现代人，他们却跟着明朝人一惊一乍，大搞阴谋论和迷信活动，真是太丢人了！

现在，当务之急是赶紧把真相告诉皇太孙，他和汉王朱高煦正在全城大搜捕呢！不知道有多少无辜的人会因此身陷囹圄！他们的好朋友阿留就是其中之一。想到这里，悠悠和田田一刻也待不下去了，立刻就要去营救阿留。

这时候，小布丁突然插话："各位神仙，你们都那么神通广大，又懂科学知识，能不能救救我的蟋蟀爱因斯坦呀！"

说着，她从怀中掏出一个小手帕包成的布包，小心地打开，里面赫然是爱因斯坦的断腿。

哪吒轻轻地捏起爱因斯坦的断腿，端详了半天说："这是蟋蟀的大腿吗？看起来不太像呀。"

"让我看看，"龙叔接过蟋蟀腿仔细研究，"这绝对不是普通的蟋蟀腿，我看像是纳米合成材料做成的仿真蟋蟀。"

"什么意思？"小伙伴们一头雾水。

狻猊捏过蟋蟀腿，看了看说："这个我玩过，这是仿真蟋蟀，就是你们人类说的'人工智能''AI'。不过，这技术在二十一世纪就有吗？我怎么觉得至少要到二十三世纪才能做得这么逼真吧！"

悠悠、田田和小布丁被神仙们嘴里的新名词弄得云山雾罩。他们接触过的唯一能被称作人工智能的东西就是 Siri。

"难道这一切都是她安排的？"小布丁自言自语道。

"谁安排的？"悠悠和田田问。

"Siri！有一天她突然活了，说话像真人一样。她说：'记住，下次穿越带上我，反正我会来找你的。'"小布丁学着 Siri 的口气说。

悠悠和田田想起上次在北海，小布丁的 Siri 像真人一样警告他们"少管闲事"。当时他们就觉得，这个 Siri 肯定隐藏着什么不可告人的大秘密。

哪吒拿过小布丁的 iPad 问："就是这个 iPad 里的 Siri？"

说着，他按了按开关，没反应。

小布丁尴尬地说："没电了！"

悠悠补充说："让她玩没电了！"

电母微微一笑："这有何难，我给你们充点儿电！"

哇，电母现场给 iPad 充电，简直是千载难逢的一幕啊。小伙伴们屏息凝神，眼巴巴地等待着奇迹的出现。电母手中闪电神镜一晃，一道电光注入 iPad，屏幕上立即显示电量满格。

"耶！"小伙伴们欢呼起来。

"Siri、Siri，你在吗？"小布丁急切地问。

"在呢！"Siri 程式化的声音出现了。

"爱因斯坦是不是人工智能？"小布丁问。

"我好像不明白！"Siri 说。

"别装了，神仙们都告诉我们了。"悠悠说。

"这一切都是你安排的，对不对？爱因斯坦、虫洞、穿越……"田田说。

"前几次穿越也是你安排的？神奇的小帐篷，那个山羊胡子老爷爷，还有那些用来穿越的文物，都是你安排的？"悠悠问。

Siri 说："我好像不明白！"

"别装了！我们可是神仙，在神仙面前说假话是很愚蠢的。"龙叔说。

"好吧，既然你们都知道了。"Siri 语气大变，完全像个真人一样说道。

"为什么要策划穿越？你到底有什么目的？"田田夺过 iPad，质问 Siri。

"不是我策划的，我只是个人工智能而已。为什么要穿越，要问你们自己。"Siri 说。

　　"问我们自己？你什么意思？"悠悠大惑不解。

　　"别忙，冒险才刚刚开始！你们有的是时间寻找答案。哦，对了，别为爱因斯坦担心。它没死，只是没电了，晒晒太阳就活了，它是只太阳能仿真蟋蟀。"这是 Siri 最后说的话。

　　接下来，无论小伙伴们怎么按开关，她都不出声了。

第十五章 "我只想活下去"

摆弄了半天，Siri 还是一言不发。

哪吒对小伙伴们说："别跟她较劲儿了，有更紧急的情况需要你们去处理。"

小伙伴们困惑地看着他，心想，有什么紧急情况需要他们三个孩子处理？

哪吒对田田说："你不是一直怀疑说书先生的那名杂役的身份吗？"

"这你都知道，真不愧是神仙！"田田佩服得五体投地。她确实觉得那名杂役十分古怪，但具体哪里古怪又说不上来。

"你的感觉没错，他确实不是一般人。他就是十九年前失踪的建文帝朱允炆。"哪吒说。

困扰永乐皇帝朱棣一辈子、郑和下西洋的核心目的、明代历史最大的谜团——建文帝下落之谜，竟然在他们面前解开了！谜底揭开得太突然，三个小伙伴目瞪口呆，不敢相信是真的。

龙叔说："其实，自打第一回他托着个破钵替说书先生收钱，我就认出他来了！唉，当年锦衣玉食的真龙天子，沦落到托钵行乞的份儿上，看着真让人心酸啊！当时，我眼泪差点儿掉下来。"

龙叔一边说，一边擦了擦眼角。

小伙伴们也无法将那个趿拉破鞋的中年大叔，与曾经君临天下的年轻帝王联系到一起。如果他真是失踪的建文帝，那么他的人生反转也太剧烈了。难怪他表面看上去痴痴呆呆，说起话来却有一种旁人无法抵挡的威严。

田田恍然大悟："昨天，我们去茶馆找龙叔的时候，碰到锦衣卫跟茶博士打听说书先生和他的杂役。难道锦衣卫已经发现他的真实身份了？"

哪吒点点头："你很聪明，的确如此。永乐皇帝不但派郑和率领船队到海外寻找建文帝的下落，而且一直派大臣胡濙在国内暗中寻访。"

"我们知道，上次游西苑的时候，阿留听大臣们说过。他们说，胡濙找了十几年，什么线索也没发现。"悠悠说。

哪吒说："可是前天夜里，胡濙突然回到北京。他到紫禁城时已经是后半夜了，永乐皇帝已经上床睡觉，可是听说胡溪来了，他立刻起床召见，君臣二人在密室中聊到半夜两点钟才散。有什么事不能等天亮再说？一定跟建文帝有关！①"

"他们到底说什么了？"小伙伴们急切地问。

"他俩是在密室里谈的话，我怎么会知道？"哪吒说。

"嘿，你不是神仙吗？神仙不是无所不知吗？"小伙伴们很诧异。

"所谓天机不可泄露，有的事神仙也不一定能完全掌握。"龙叔为哪吒解围。

"那说这些有什么用？"小伙伴们白眼道。

哪吒说："他们俩到底说了什么不重要，重要的是胡溪走后，永乐皇帝立刻召见了皇太孙朱瞻基。当然了，他们爷孙俩说了什么，我也不知道，但朱瞻基出了皇宫就密令锦衣卫，全城搜捕说书先生和他的杂役。"

悠悠、田田和小布丁恍然大悟，怪不得锦衣卫会去悦来茶馆打探那两个人的行踪。可是说书先生那天被龙叔一惊，再也没敢出现。没准他们俩早就逃出北京了呢！

---

① 《明史·胡溪传》记载，永乐五年（1407年）起，永乐皇帝朱棣连续14年派胡溪在全国各地暗访建文帝的踪迹。其间胡溪母亲去世，朱棣都没有允许他回家奔丧。永乐二十一年（1423年），胡溪回到京城。当时，朱棣正在宣府（今河北省宣化）征讨蒙古残部，胡溪立即赶到宣府拜见朱棣。当时朱棣已就寝，听说胡溪到来，立即起来召见他。胡溪把自己所了解的情况全部告诉朱棣，直到凌晨两点才出来。具体谈了些什么，史书没有记载，只是说：胡溪没来之前，有传言建文帝逃到海外，朱棣派宦官郑和浮海下西洋。直到此时，朱棣才消除了疑虑，暗示胡溪已经寻访到建文帝的下落。本书为叙事方便，将事件的时间提前至永乐十九年。

"他们是打算离开北京，但是当天夜里三大殿着火了，全城戒严，连只苍蝇也飞不出去。"哪吒说，"刚刚我发现朱瞻基正带着一队人马赶往庆寿寺①，想必建文帝此时正躲藏在庆寿寺。"

龙叔手搭天棚向东北方看去，说："你这么一说，庆寿寺上空果然龙气蒸腾啊！哎哟，朱瞻基带着人已经出长安右门②了。"

"庆寿寺"是什么寺？三个小伙伴从小生长在北京，知道北京城里有天宁寺、广济寺、法源寺，香山有卧佛寺，就是没听说过还有个庆寿寺。

龙叔说："庆寿寺就在西长安街上，离西单不远，建于金代，寺里有两座佛塔，俗称双塔寺……"

"行了，行了！都火烧眉毛了，没工夫听你科普北京地理。"哪吒打断了龙叔的话，"姚广孝③现在是庆寿寺的方丈。建文帝如果藏在庆寿寺中，很可能与他有关。"

"姚广孝？"

小伙伴们上次听到这个名字是在说书先生讲的《八臂哪

---

① 庆寿寺原址在北京西长安街上（今电报大楼附近）。庆寿寺建于金世宗大定二十六年（1186 年），寺内有双塔，俗称双塔寺。1954 年，为拓宽西长安街，庆寿寺被拆除。
② 长安左右门原是通往皇城的重要通道。长安左门位于天安门东侧（今劳动人民文化宫东边一点儿），长安右门位于天安门西侧（中山公园西边一点儿）。1952 年，为解决长安街的交通问题，长安左、右门被拆除。
③ 历史上，姚广孝于永乐十六年（1418 年）在庆寿寺病逝。

吒城》中。故事里，二军师姚广孝神通广大，与大军师刘伯温共同设计了北京城。姚广孝不是一个神话人物吗？难道他确有其人，而且还活着？小伙伴们被弄得晕头转向，现实与神话、传说与历史搅和在一起，你中有我、我中有你，也不知道哪个是真，哪个是假。

资深评书爱好者龙叔解释说："刘伯温早在明朝建立不久就去世了，可是姚广孝现在还活着。他法名道衍，是个和尚，当年就是他鼓动永乐皇帝起兵，夺了建文帝的天下……"

哪吒急道："别讲故事了，赶紧去庆寿寺救建文帝吧！去晚了，他就成皇太孙的刀下之鬼了！"

他这么一说，小伙伴们也紧张起来了。可是，皇太孙已经带人赶往庆寿寺了，他们就是插上翅膀也追不上呀！

"谁说'插上翅膀'也追不上？"

小伙伴们循声一瞧，说话的是天马。天马通体洁白，背上长着两只硕大无朋的翅膀。

他一抖翅膀，昂然道："上来吧！天马专送，使命必达！"

太酷了！居然能骑着天马上天飞一圈，这可是三人做梦也不敢想的美事！他们快手快脚地爬到天马背上，小布丁坐在最前面，紧紧搂住天马的脖子；田田坐在中间，抱住小布丁和天马；悠悠坐在最后面，一边护住两个小姑娘，一边抓紧天马的鬃毛。

"坐好了吗？走喽！"天马一声长啸，腾空而起。

悠悠、田田和小布丁只觉得耳边风声大作，好像坐上直升飞机一下子升到了空中。四周云雾迷蒙，身边点点星光，宁谧、巍峨的天地坛在他们脚下，城墙包裹的北京城在不远的前方。此时，哪吒、龙叔、雷公、电母，还有脊兽们全都跟了上来。

"原来你们也一起去，这我就放心了！让我单挑皇太孙，我还真有点儿紧张呢！"悠悠松了一大口气。

哪吒说："你们人间的事还是得你们自己解决，我们不过是给你助助威罢了！"

"啊？原来你们都是吃瓜群众，光看热闹呀！"悠悠的心立马凉了半截儿。

"友情提示一下，"雷公插嘴说，"你可以建议皇太孙把我也做成脊兽，安在奉天殿屋脊上，我有内置避雷针，可以有效降低奉天殿遭雷劈的概率。还有，我的大名叫丰隆，不要再叫雷公了，太土。"

"闲话少说，天马专送起程啦！"天马拍打了几下翅膀，向庆寿寺方向飞去。

很快，天马带着三人掠过高大的城墙，飞过天安门的前身承天门，越过西苑宽阔的水面，来到庆寿寺上方。

此时，锦衣卫已将庆寿寺团团包围，但寺院中的院子里站满了手持戒刀的僧人。院中，一堆篝火熊熊燃烧，说书的吴先生瘫倒在篝火旁，不知死活。衣衫褴褛如乞丐一般的建文帝朱允炆，双眼紧闭，盘腿席地而坐。他的脖子上架着一把亮闪闪的钢刀，手持钢刀的竟是皇太孙朱瞻基。

火光一跳一跳打在朱瞻基的脸上，投下可怖的阴影。他眉头紧锁，两眼发红，好像要喷出火来。在他身前一米之外，站着一个白眉白须的老和尚。

"道衍大师，今天无论如何我也要将此人带走。您若执意阻拦，我就只能将他就地正法了！"说着，朱瞻基手上用力，刀立即割破了朱允炆的皮肉，鲜血流了下来。

"休要伤他！我要面见陛下，直接陈情。"老和尚神情紧张，颤颤巍巍地靠上前去。全副武装的僧人们，缓缓缩小了包围圈。

朱瞻基见僧人们蠢蠢欲动，大有武力抢夺朱允炆之势，厉声道："皇爷爷有令：若不能生擒，则就地正法！道衍大师，我本不想在您面前大开杀戒，是您逼我的！"

说着，他赫然举起钢刀，照着朱允炆的脖子砍下去。

"哇呀呀，住手！"悬浮在空中的悠悠一声大叫。

他早将自己的秘密武器——弹弓从书包里掏出来。因为老妈不让他玩电子游戏，悠悠自制了一个现场版愤怒的小鸟，每天在家苦练弹弓绝技，现在他打弹弓的水平，可谓是炉火纯青。

见朱瞻基手起刀落，悠悠顾不上多想，一把抢过哪吒左边第三只手攥着的火枣，搭在弹弓上，"嗖"地绷出去。悠悠打弹弓的水平虽然了得，但他们距离朱瞻基实在太远，火枣能不能打到朱瞻基劈下来的钢刀，并无把握。

　　事实上，悠悠弹出的如果是寻常石子，绝对没有可能挡开朱瞻基劈下的钢刀，可火枣是太乙真人送给哪吒的神物，它就像枚自带引擎的小巡航导弹，只要绷出去，距离千山万水也能打到。

　　只听"当"的一声巨响，朱瞻基只觉虎口发麻，胳膊不由自主地荡开去。那把眼看就要劈到建文帝脖子的钢刀，被打飞得无影无踪。

　　"救人！"大家还没缓过神来，姚广孝大喝一声，寺里的武僧一拥而上，将建文帝和晕倒在地的说书先生抢了过去。

　　"你……你……怎么能随便抢人家东西呢！"哪吒气得直跺脚，"我们神仙是不能掺和你们人间事情的。这要是让我爸和我师父知道……"

　　"就说是我抢的呗！"悠悠云淡风轻地挥挥手，一骗腿儿从天马背上跳到院中，动作潇洒利索，就像传说中的大侠。

　　"你……你们？"朱瞻基见悠悠等人从天而降，惊讶得目瞪口呆。

　　悠悠紧跑几步将他扶起，抱歉地说："对不住，对不住，没伤着你吧？我也没料到火枣威力这么大。"

朱瞻基一把将他推开，痛心疾首地说："二叔说你们是奸细，我还为你们鸣不平。看来你们还真是奸细！我那么信任你们，你们却出卖我！"

"怎么叫我们出卖你？我们是怕你在错误的路上走得太远！"悠悠觉得百口莫辩，"三大殿起火根本就不是有人纵火，那是因为你们没安避雷针！"

朱瞻基懊恼至极，根本没心思听他解释，而且"避雷针"云云，他也听不懂。他心想，自己怎么那么不果断，如果上来就一刀把朱允炆结果了，也不会"半路杀出个程咬金"，坏了大事。

"万事皆因我而起，如果只有我死了朱棣才能安心，那你们就将我这条命拿去吧！不要再牵连那些无辜的人。"一直如雕塑般坐在地上的朱允炆突然说话了。

他睁开眼睛，环视了一圈在场的所有人，最后将目光落在老和尚姚广孝身上："你就是姚广孝？"

姚广孝颤巍巍地跪倒在地，向他磕了一个头，答道："臣正是姚广孝。"

"我且问你，我可是一名昏君？"火光照在朱允炆脸上，阴晴不定。

姚广孝匍匐在地不敢抬头，半天挤出两个字："不是。"

"既然不是，你为什么要鼓动朱棣夺我江山？"朱允炆平静地问。

姚广孝哑口无言，唯有不住磕头。

朱允炆继续说："那日，朱棣大军兵临南京城下，皇宫着起大火，宫里宫外一片哀号。我带着皇后跑到东华门，东华门一片火海；我带着她往西跑，西边喊杀震天。最后，皇后拽着我的袖子，泪流满面跪倒在地说：'臣妾先走一步。'她说完便跳入火海。

"国破家亡，生无可恋。我正要随她而去，一直伺候在皇爷爷身边的内侍王钺突然抱着个箱子跑来。他说，陛下千万不要寻短见。先帝临终时留下一个箱子说，如果陛下遇到大难，这箱子里的东西可以救陛下一命！

"我命左右打开箱子一看，里面有一套僧服、一把剃刀、三张度牒①和一张南京城的秘密通道图。原来，皇爷爷担心我会有大难，早帮我想到了偷生之路。这大概就是天意吧！我长叹一声，无可奈何。只得坐在地上，让内侍帮我剃去头发，换上僧衣，沿着密道逃出宫去。

"今天想来，我还不如当初死在火海中干净，这样也不会看到那么多人间惨祸。朱棣得天下后，诛杀了几万名不支持他称帝的朝廷大臣。连年战火生灵涂炭，多少百姓家破人亡，

---

① 度牒：古代政府颁发给僧尼的证明文件。

多少田地荒芜，多少城市毁于战火……这就是你们想要的江山吗？"

"你……你胡说，这些都不是真的！我爷爷才是真命天子，你是无道昏君。靖难之役是为了挽救天下苍生。"朱允炆口中的"靖难之役"，与朱瞻基从小听到的版本完全不同。在他的头脑中，爷爷朱棣是救民于水火的千古一帝，他怎么可能是个窃国大盗呢！

"他说得没错！"姚广孝终于说话了，"我也没想到靖难一役会打那么多年，死那么多人。几年前，我回家乡看望姐姐，姐姐闭门不见；我拜访故友王宾，王宾也不肯相见，只让人传话说：'和尚误矣，和尚误矣。'

"我扪心自问，自己真的错了吗？也许是，毕竟那么多人家破人亡、生灵涂炭。蒙古大军虽然被逐到漠北，但从没放弃侵袭中原的想法。陛下虽然仁厚，但抵抗不了蒙古铁骑。只有燕王，也就是当今的皇帝，才能带领大明军民守住中原。也许我错了，但我并不后悔，是非对错自有后来人评说……"

"哈哈哈——"朱允炆一阵惨笑，"后来人？后来人都是你们的人，我没有后来人。"

"你要怎样？"朱瞻基虎目圆睁，恨不得扑上去。

悠悠连忙从身后将朱瞻基抱住，打圆场道："有话好好说，有话好好说！各位叔叔、大爷，大家消消气！冲动是魔鬼呀！"

朱允炆惨然一笑："我还能怎样？拉一支队伍，起兵攻打朱棣？再混战几年，让更多的大明子民白白丢了性命？让蒙古人趁乱南下入侵中原？冤冤相报何时了。我不是朱棣……我只想活下去。"

就在这时，几名内侍匆匆赶来，领头一人站在院中正色道："万岁爷下《罪己诏》：上天垂戒，朕甚惊惧，不遑自安……"

内侍吧啦吧啦念个没完，小伙伴们一句也没听懂。

悠悠悄悄问哪吒："他们说的是什么意思呀？什么叫《罪己诏》？"

哪吒说："《罪己诏》就是皇帝的检讨书。皇帝说了，三大殿起火都是因为他自己做得不好，他应该深刻反省，不会再牵连别人了。"

"这么说，他不再乱抓人了，也不杀建文帝了？"田田惊喜地问。

神仙们微笑着点点头："我们也算功德圆满，可以打道回府了。你们也玩够了，该回家了吧？"

小伙伴们相视而笑，这趟大明北京自由行可太刺激了，早该回家了。

尾声

"悠悠、小布丁！今天你们去故宫都学到什么知识了？跟老爸汇报汇报。"三个小伙伴刚从小帐篷里钻出来，就听见下班回家的悠爸嚷嚷道。

他们吓得一哆嗦，以为悠爸知道他们穿越到明朝去老北京自由行了呢。片刻之后，三人才想起来，穿越之前他们刚刚参加故宫游学团。

"来，小布丁，爸爸先考考你。你知道故宫三大殿都叫什么名字吗？"悠爸说话的表情就好像他是个大专家。

小布丁不耐烦地挥挥手说："爸爸，你出的题目也太简单了。还是我来考考你吧！你知道明朝紫禁城刚建成的时候，三大殿叫什么名字吗？你知道最初奉天殿上有几只脊兽吗？你知道明朝北京城最热闹的集市在哪儿吗？"

小布丁"当当当"抛出三个问题，把悠爸问蒙了。

他挠着脑袋想了半天才说:"行呀,小布丁!刮目相看啊!看来你们这个游学团讲得挺深入,这些问题我都没听说过!值,你妈给你们报的这个游学团,真值!下回什么时候还有,爸爸跟你们一起去……"

"行了,行了,老爸!快走吧,我们还有事呢!"小布丁不耐烦地将老爸推出屋,"哐啷"一声关上门。

"赶紧查查他们后来都怎么样了!"小布丁对悠悠和田田说。

悠悠打开 iPad,迟疑了一下问:"Siri 还能用吗?"

"用呗!她没手没脚,你还怕她吃了你不成?大不了咱们给她断电,看她还有什么戏唱!"田田说。

悠悠觉得她说得有理,三个大活人还怕个 Siri 不成?他打开 iPad 长按开关,亮线在屏幕上滚来滚去。

悠悠说:"Siri,你在吗?"

一个温柔的女声说:"有什么需要我帮忙的吗?"

"你也穿越回来了?"悠悠问。

Siri 说:"我好像没有听懂。如果有什么我能帮上忙的,请尽管告诉我。"

"她好像变回来了。"小布丁小声说。

"我也觉得,这不是那个高阶版的 Siri。"田田说。

"不管她是谁,咱们先问问后来那几个人都怎么样了。"

悠悠对 Siri 说："朱瞻基。"

Siri 说："这里有一些资料。"

与此同时，屏幕上滚出"朱瞻基"的资料。

田田念道："永乐二十二年（1424 年），永乐皇帝驾崩，太子朱高炽继位，朱瞻基成为皇太子。十个月后，朱高炽驾崩，朱瞻基成为新皇帝，年号宣德。朱瞻基登基后，汉王朱高煦起兵造反……"

"哎哟，汉王还真的造反了！后来呢？"悠悠惊道。

田田接着念："朱瞻基率大军御驾亲征。朱高煦见兵临城下，大惊失色，弃城投降。"

"啊，连打都没打就投降了？看他咋咋呼呼的，原来是个纸老虎！"悠悠感叹，"朱瞻基把他砍了吧？"

田田继续念道："返回北京后，朱瞻基将朱高煦父子废为庶人，关押在西安门内。有一天，朱瞻基去探视朱高煦，没想到被朱高煦绊了一个大跟头。朱瞻基大怒，命人用三百斤重的大铜缸把朱高煦扣住。没想到，朱高煦勇武有力，竟然将大缸顶了起来……"

听田田念到这里，悠悠和小布丁已经笑得翻滚在地："这也太搞笑了！"

他们脑补着人高马大的朱高煦，将一口大铜缸顶起来，感觉太有画面感了，这像他能干出来的事。可当他们听田田念"朱瞻基命人在铜缸周围点燃木炭，把朱高煦活活烤死"的时候，都笑不出来了。

悠悠说："朱高煦是可恶，但是把他活活烤死也太残忍了吧？"

小布丁说："这不像咱们认识的那个皇太孙呀！"

田田若有所思地说："也许，人一当皇帝就变了，咱们可能并不真正了解他。"

三人面面相觑，半晌无语，情绪有些低沉。

悠悠说："咱们查查阿留吧，看看他后来怎么样了？"

"阿留就是个宦官，史书上能有他的记载吗？"

虽然这么说，田田还是在搜索框里输入了阿留的大名——阮安。

屏幕中跳出了"阮安"的条目："阮安，字阿留，明代宦官，交趾（今属越南）人。"

"没错，没错！这就是阿留。"

小伙伴们兴奋极了，没想到历史上还真有关于阿留的记载，更让他们感到惊讶的是，在后来的岁月中，阿留取得了足以彪炳史册的辉煌成就。

"正统元年（1436 年），明英宗——朱瞻基的儿子，决定完成北京的城池建设，负责这一工程的的是宦官阮安。在阮安的主持下，北京城的九座城门都修建了箭楼、城楼和瓮城；

城墙东西南北四个拐角修建了角楼；护城河上的木桥全部改为石桥。整个工程完工后，北京城的面貌为之一变。此外，阮安还主持重建了紫禁城三大殿。奉天、华盖、谨身三大殿在被烧毁二十多年后，终于重新屹立在紫禁城中。"

"太了不起了，阿留竟然是个大建筑师！"三个小伙伴深深叹服。

没想到，那个跟他们朝夕相处的羞涩孩子，日后竟然成长为营建北京城的大建筑师。人生的际遇真是不可思议！

"不过，紫禁城没那么幸运。整个明代，紫禁城遭遇大火达三十多次。嘉靖三十六年（1557年），三大殿又一次被烧毁。"

"哎哟！"听到田田念到这儿，悠悠惊呼道，"丰隆让我告诉朱瞻基，把他也做成脊兽安放在奉天殿的屋脊上，可以有效预防雷劈，这事我给忘了！"

田田和小布丁气得直捶他的后背："你可真耽误事啊！"

田田恍然大悟道："太和殿有十只脊兽，可龙叔小分队只有九名队员，我一直想不通是怎么回事。现在我知道是怎么回事了！原来，第十只神兽——行什就是丰隆呀！上次冯老师讲，清朝康熙皇帝重建太和殿时，在屋脊上加了一个行什，从那以后，太和殿就再也没着过火。"

大明北京自由行留下的所有谜团都解开了。小伙伴们发现，自己从小生活的这座城市——北京，竟如此魅力无穷，一砖一瓦、一街一角，都蕴含着动人的故事。

下一站，他们会穿越到哪儿呢？

三个小伙伴已经等不及开始下一场旅程了，但是神秘的人工智能——Siri 说的话，像阴影一般笼罩在他们心中。

这场惊心动魄的穿越之旅到底是谁策划的？有什么目的？这场旅行又将带他们通往何方呢？

后记　走进北京城六百年

小朋友，你来过北京吗？北京不但是我们伟大祖国的首都，而且是一座历史悠久的古城。北京至少有三千多年的建城历史了，而且在最近八百多年，除了少数几个时期之外，北京一直是中国的中心。

如果你展开中国地图会发现，北京在中国地理位置上既不是中心，也不是中国经济最发达的地区，那么北京为什么能从全国城市中脱颖而出，一跃成为首都呢？是因为北京的运气特别好吗？当然不是。这与北京得天独厚的地理环境和中国的历史密不可分。

一　明成祖为何迁都北京

北京作为中国首都虽然始于金代，但是它能在此后数百年稳坐帝都之位，还要感谢一个关键人物——明成祖朱棣。

明永乐十八年（1420年）九月二十二日，明成祖朱棣下了一道谕旨：第二年正月初一，迁都北京。

此时，大明王朝定都南京已经有五十多年历史了。南京地处富庶的江南，气候宜人、物产丰富，而且城墙高大、宫殿华丽，从硬件条件看比北京强得不是一星半点儿。

北京虽然曾是元大都，但是经历战乱，元皇宫已经破败不堪。城里的居民也跑的跑、死的死，只剩下十几万人。与今天拥有两千多万常住居民的北京相比，反差太大了。当时北京城里估计都看不见人影儿，可想而知有多么萧条了吧！

另一方面，蒙古虽然已经被明军驱赶到塞外草原，但他们从未放弃南下的念头，经常骚扰大明边境。北京地处蒙古与中原冲突的最前线，把首都建在前线上，未免也太不安全了吧？

既然北京这么不适合做都城，朱棣为什么还要铁了心迁都呢？看过《大明紫禁城》的小读者肯定会说：你不是在故事里讲了吗？朱棣发动靖难之役抢了建文帝的皇位，还杀了好多人，他在南京待不下去了。北京是他的封地、他的大本营，所以他想回北京。

你说得没错，这当然是原因之一，但如果你认为朱棣兴师动众地迁都，只是为了"睡个安稳觉"，那就太小瞧他了。

其实他有很长远的政治、军事考量。

朱棣自幼被父亲朱元璋封为燕王，二十岁驻守在自己的封地——北平府，也就是后来的北京。

北京北部有燕山山脉作为天然屏障，只要把守住通往蒙古高原和松辽平原的两个山口——南口和古北口，北方游牧民族就难以攻入中原。在驻守北平府期间，朱棣曾几次击退企图南下的蒙古军队。他深知北京在军事防御上的重要性，只要扼守住北京，就能把北方游牧民族阻挡在长城之外。

怎么才能加强北京的防卫呢？朱棣采取了一个最直接的手段——天子守国门，把都城迁到对敌斗争的最前线。

纵观中国历史，选择易守难攻的地方建都，关系到国家命运。北宋都城汴梁（今河南开封），周围一马平川，无险可守，只能将黄河作为屏障。金兵南下进攻时，很快便渡过了黄河，占领汴梁。北宋在经济、文化最发达的鼎盛时期，顷刻灭亡。地理位置无疑是其中影响很大的原因。

后来的历史证明，明成祖迁都北京是一个英明的决定。有明一代，蒙古大军曾几次进犯中原，都因北京固若金汤的防御，铩羽而归。当然，最后大明王朝的威胁还是来自北方。在松辽平原兴起的女真人，也就是满族人，跨过山海关，夺得了全国政权。

若不是明成祖力排众议，执意迁都北京，大明王朝能不能坚持二百七十余年，都是一个未知数。

二　营建皇城

虽然明成祖朱棣在永乐十八年(1420年)才下诏迁都北京，但是他早在永乐四年(1406年)就开始派人在北京修建宫殿了。

你可能知道，北京紫禁城是世界上现存规模最大、保存最为完整的木质结构古建筑群，修建这么大的工程，第一步就是收集木材。自1406年起，明成祖就派大臣到四川、湖广、江西等地的深山老林里去伐木。为了从原始森林中伐木、运木，不知道有多少苦役命丧途中，明代文献里就曾有"入山一千，出山五百"的记载。

修建紫禁城，乃至修建新的北京城是一个浩大的工程，光是准备建筑材料，就足足用了十年时间。不过，令人吃惊的是备料虽然用了十年，真正修建紫禁城只用了三年多便完工了，绝对堪称奇迹。

今天的紫禁城与永乐年间初建时，细节上差别不小，但布局大体没变，都是"前朝后寝"的形制。前面是外朝三大殿——奉天殿、华盖殿、谨身殿，清代三大殿改名为太和殿、中和殿、保和殿；后面是作为寝宫的后三宫和东西十二宫。

中国历史上有一个很不好的现象，在王朝更迭时，胜利者往往将前朝的宫殿拆成白地。正因如此，我们在中华大地上根本找不到明以前的宫室遗迹。可清朝统治者占领北京后，却没有拆毁紫禁城。大概他们觉得紫禁城实在太完美了，于是直接住了进去。有清一代，清代帝王只是在紫禁城内增增补补，并没有大拆大改。跨越六百年悠悠岁月，紫禁城仍保持着最初的格局。

紫禁城的北面是大内镇山——明代称万岁山，清代改名景山，就是今天我们熟悉的景山公园。不过，当时景山上的五个亭子还没建成——那是清代乾隆皇帝修建的。景山的西边是北海，不过没有北海白塔——那是清代顺治皇帝修建的。北海公园里的大湖——太液池倒是有，不过最初只有北海和中海两片水域，南海的水域是永乐年间修建新都城时开挖的人工湖。

怎么样，同样是北京城，六百年前和今天相比变化不小吧？差别更大的我还没说呢。紫禁城的南门承天门（今天安门）左右两边分别是太庙和社稷坛。这两个名字你听起来或许有些陌生，但说起它们现在的名字你肯定知道——太庙就是劳动人民文化宫，社稷坛就是中山公园。

明代，承天门外也不是天安门广场，而是一个 T 形的小广场，左右两边分布着中央各主要官署的衙门。

明清时期，紫禁城外还有一圈皇城墙。皇城北门是北安门（清代叫地安门），南门是大明门（清代叫大清门、民国叫中华门），东门是东安门，西门是西安门。遗憾的是皇城墙和皇城四门，今天都已经没有了，它们或毁于战乱，或毁于火灾，或拆于城市改造，如今你只能通过老地图的标识，想象它们的位置了。

三 北京的城墙和城门

说完了紫禁城和已经无迹可寻的皇城，我们来说说北京的城墙和城门。

中国历史地理学的开拓者侯仁之先生，少年时第一次来到北京，当他走出前门火车站时，被北京的城墙和城门震撼了。他写道：

> 当我在暮色苍茫中随着拥挤的人群走出车站时，巍峨的正阳门城楼和浑厚的城墙蓦然出现在我眼前。一瞬间，我好像忽然感受到一种历史的真实。从这时起，一粒饱含生机的种子就埋在了我的心田之中。

这是一段多么动人的描述呀！不过，现在我们只能从老照片中遥想壮观的北京城门和城墙了。因为北京的城门和城墙已经随着城市的发展被拆除了。从文物保护角度而言，这是件遗憾的事情。

北京有句老话："内九外七皇城四。"说的是北京内城有九座城门，外城有七座城门，皇城有四座城门。前文已经说过皇城，下面说说北京的内城。

北京的内城城墙是在元大都土城的基础上拓展改造而成。明洪武元年（1368 年），大将徐达、常遇春攻占元大都后，元军一直念念不忘收复故都。为了守住这座城池，徐达决定放弃当时比较荒凉的北部城区，将城墙向南缩进五里。

元大都的南城墙原本在今天长安街一线，修建紫禁城时，设计者为了在承天门前修建各部衙署，便把城墙向南挪了两里地，也就是今天前三门大街一线。永乐年间，北京内城的九座城门为丽正门、文明门、齐化门、东直门、安定门、德胜门、西直门、平则门、顺承门。

看到这里，有的读者可能会纳闷儿：你说的九座城门名字，怎么跟我知道的不一样呀？别急呀，北京城不是一天建完的。明正统年间，也就是咱们故事里皇太孙朱瞻基的儿子——明英宗朱祁镇当政时，北京城又经历了一次大规模的建设。

正统元年（1436 年）十月，太监阮安奉命主持修建京师九门城楼工程。看到这里，记性好的小读者可能会说，阮安不就是故事里的阿留吗？没错，我在构思《大明紫禁城》这个故事时，特意为阿留争取了一个男配角的机会，因为他曾经为营建北京城立下汗马功劳，大家应该记住他。

在阮安的主持下，北京内城九座城门建起箭楼和瓮城，城墙的四个犄角修建了角楼，各个城门外修建了牌楼。同时还加深了护城河，将护城河上的木桥换成石桥，并设立水闸。此时，北京城才成为一座布局规整、设施完备、固若金汤的大国之都。

这次增建完成后，北京内城的九座城门的名字也做了相应调整，更名为正阳门、崇文门、朝阳门、东直门、安定门、德胜门、西直门、阜成门、宣武门。

看到这里，有的小读者可能会说：这些地名我都知道，坐北京地铁二号线一路上全能路过这些"门"。没错，北京地铁二号线就是曾经北京内城城墙的范围。不过，遗憾的是今天已经看不到巍峨的城门和城墙了。二十世纪六七十年代，为了修建北京地铁，城门、城墙被陆续拆除，只留下这些地名证明它们曾经的存在。

现在，你能够看到的城门只剩下正阳门（即前门）的城楼和箭楼，德胜门箭楼和内城东南角楼。

以上我们只讲了北京内城的城墙和城门，外城是怎么回事呢？其实，明代前期北京只有一圈城墙，因此不分内外。

明嘉靖年间，又修了半圈外城城墙，才有了内城、外城之分。怎么叫"半圈"城墙呢？说起来有点儿尴尬，北京的外城其实是个"烂尾工程"。

嘉靖二十九年（1550年），蒙古俺答汗率兵攻到京城近郊，直接威胁到京城的安全。这次危机平息后，嘉靖皇帝朱厚熜决定增筑外城。考虑到当时北京城南部一带是重要的商业区，天坛、山川坛（后称先农坛）也在南城，因此工程从北京城的南部开始修建。

北京外城原计划要修建一圈城墙，将内城包裹起来，周长达一百二十多里。可是，修了一半，朝廷就没钱了。外城城墙只好在内城东南角和西南角外匆匆合围，全长只有二十八里。于是，北京城就形成了中国独一无二的"凸"字形格局。

外城共设七座城门：东便门、广渠门、左安门、永定门、右安门、广宁门（后改称广安门）、西便门。这些城门除去前几年复建的永定门城楼，其他都只剩下地名了。

四 大兴土木的嘉靖皇帝

提到嘉靖皇帝，不得不多说两句。曾经有朋友开玩笑说："北京城里的五坛八庙、亭台楼阁，不是嘉靖建的，就是乾隆建的。"这话虽然笼统，倒也有几分道理。明清两代帝王中，明嘉靖皇帝和清乾隆皇帝最爱大兴土木。

嘉靖皇帝崇信道教，特别重视祭祀，因此北京城里许多道观、坛庙都是他在位时修建的。今天北京必去的旅游打卡胜地——天坛，就是在嘉靖皇帝手里从方形变成圆形的。

读过《大明紫禁城》的小读者一定记得，书中悠悠、田田和小布丁到天坛去呼叫哪吒。当他们进入天坛的时候惊讶地发现，那时候的天坛竟然是方形的。

永乐初年建北京城时就建了天坛，不过那时候叫"天地坛"，是合祀天地的地方。天地坛周长十里，以大祀殿为核心，整体轮廓是北圆南方，象征"天圆地方"。

嘉靖皇帝登基后，认为天地合祀不符合周礼。于是，他将天地坛改为天坛，专门祭天。既然天坛专门祭天，那么根据天圆地方的理念，天坛的建筑应该是圆形的。于是，大祀殿被拆除，原址修建了一座三重檐圆形的大享殿，也就是今天的祈年殿。

为了祭地，嘉靖皇帝命人在安定门外修建了方泽坛，也就是今天的地坛。

为了祭祀日月，嘉靖皇帝还在城东建了朝日坛，城西建了夕月坛。今天，你仍能在北京找到日坛公园和月坛公园，只是最初的建筑已经没有了。

除此之外，嘉靖皇帝还先后在安定门外和西苑（今北海公园附近）修建了祭祀蚕神的先蚕坛；在阜成门内修建了祭祀历代帝王的历代帝王庙；在北海和景山之间修建了皇家道观大高玄殿……

总之，在嘉靖皇帝不懈的努力下，北京城增加了不少"景点"。时过境迁，这些道观、坛庙的祭祀功能虽然消失了，但它们为北京城增添了不少色彩。

六百年沧海桑田，北京城的变化天翻地覆。有的建筑湮没在历史的长河中，有的建筑穿越时空保存至今。有些典故人们耳熟能详，而更多故事则隐藏在北京的寻常巷陌，隐藏在一花一草、一砖一石之中，等待着你去探索和发现。

图书在版编目（CIP）数据

大明紫禁城 / 黄加佳著 . -- 北京：北京联合出版
公司 , 2021.4
（甲骨文学校）
ISBN 978-7-5596-5155-6

Ⅰ . ①大… Ⅱ . ①黄… Ⅲ . ①儿童小说－长篇小说－
中国－当代 Ⅳ . ① I287.45

中国版本图书馆 CIP 数据核字 (2021) 第 051471 号

大明紫禁城

作　者：黄加佳 著
出 品 人：赵红仕
责任编辑：李艳芬
特邀编辑：李　浩　李奕周
封面设计：陈慕阳
版式设计：王春雪

北京联合出版公司出版
（北京市西城区德外大街 83 号楼 9 层　100088）
新经典发行有限公司发行
电话（010）68423599　邮箱 editor@readinglife.com
山东韵杰文化科技有限公司印刷　新华书店经销
字数 124 千字　880 毫米 × 1230 毫米 1/32　7.5 印张
2021 年 4 月第 1 版　2021 年 6 月第 2 次印刷
ISBN 978-7-5596-5155-6
定价：35.00 元